觀火

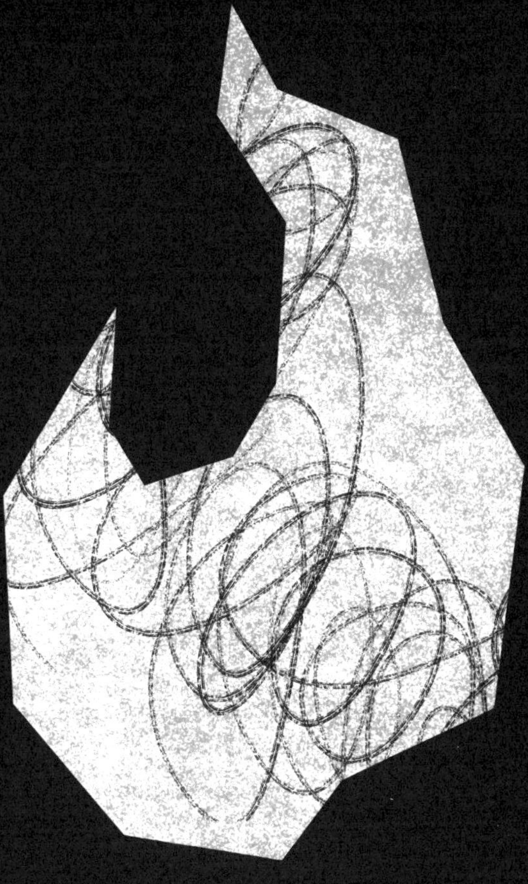

蘇朗欣

推薦序

或為灰燼或燎原：讀《觀火》

黃宗潔（國立東華大學華文系教授）

曉晴突然覺得世上的一切溫和而善良，儘管這種想法如此不合時宜。她幻想著自己的大學，這一間花蓮的風光明媚的大學，在夜裡著了火，焚燃出焦紅色的天空。但是，在台灣，會有這種事嗎？她無法想像。

重讀朗欣置於全書篇首的〈打火〉，心情是複雜的。她筆下那間風光明媚的大學，因為二〇二四年四月一場強震引發的大火，已焚燃了一夜焦黑色的天空。看著怵目驚心的新聞畫面時，朗欣是否想起這段文字，或是想起了曾經的，另一場校園裡的火光？無法想像的事成了真實，「不合時宜」的想法彷彿更加不合時宜了？但無論是書名「觀火」二字，抑或這篇帶有若干自身色彩的〈打火〉，隱約流露出的，對於自己看待世界的眼光、自己與世界相對位置的不確定感，始終是朗欣創作時，某種猶疑的起點，此種猶疑，卻帶來了深刻的可能——「不合時宜」的文字背後，是創作者持續思考的證明，也唯有文學，得以保留各種不合時宜。

對於像朗欣這樣一個仍然非常年輕，並且持續在這條道路上前進的創作者，用任何概括式的判斷，將其至今為止的作品化約為某些標籤和特色，顯然並不公平也不可能準確。但「火」與「水」的力量，毫無疑問在朗欣的小說中具有重要意義。《觀火》之前，是《水葬》。《水葬》當中的兩位重要角色，各自有一場「觀火」的生命經驗——

因圍村丁權政策擁有大片土地的「公子」柳志豪，童年時與母親寄人籬下，貧困的他最大的渴望就是一張張的鈔票，某日真讓他等到了，一個狂奔的男人口袋跌出一張又一張的鈔票，竟無人前去爭奪。與眾人逆向拚命撿拾的他抬頭一看，才發覺「大火已在眼前燃燒。火不是紅色黃色的，事後他說，火是黑色的。黑煙籠罩了你的視野，燻得你瞎了，瞎了之後皮膚變得敏感無比，灼熱的空氣從毛孔滲入內臟，你就死定了……」

即使死定了也不曾放手的公子，成年後娶了原本是游泳健將的「夫人」。婚後的夫人慢慢變成一個絕望的女人，在這絕望的婚姻絕望到連丈夫都死去之後，她在廚房裡看著蒸魚的火：

她還特地挪好木櫈，坐在灶頭前等待。沒有人會在廚房裡等一條魚的，……但她選擇留在廚房，等待室內逐漸變暖。……她只是看著，任火猛烈燃燒，當空氣歪曲傾斜，她終於提起鑊蓋，蒸氣一擁而上，黏附在牆壁、器皿、玻璃窗上，霎時四周模糊成一面陳年的鏡子，夫人的臉上也一樣地濕。

濕氣像是泳池的水，也像是墜落的淚。「總的來說，那就是一生了。」

火的意義是什麼呢？人類學有人類學的解法，精神分析有精神分析的象徵。但在讀朗欣的小說時，我想起的是多年前，美內鈴惠的經典漫畫《玻璃假面》——在我閱讀的那個年代，台版的翻譯還叫做《千面女郎》，女主角北島麻雅和姬川亞弓，則被翻成「譚寶蓮」和「白莎莉」。在這個以兩位少女競爭成為夢幻舞台「紅天女」唯一表演繼承人為主線的故事中，她們最終的考核項目之一，就是「風」、「火」、「水」、「土」。演藝世家的「天才少女」莎莉，以舞蹈表現出火的韻律和動作，燃燒的火、成為灰燼的火；擁有天賦與直覺的寶蓮，則演出令人印象深刻的，江戶時代蔬菜商女兒阿七的故事。阿七因火災到佛寺中避難，愛上住持的侍童吉三，為了再見吉三一面，不惜犯下縱火死罪，那是狂亂的愛戀之火，絕望而難以撲滅的心之火。

《觀火》之中的每個角色，也都有著他們各自的心之火，有些已成灰燼，有些卻仍熾熱，那是火的不同樣態，也是觀者的不同距離使然。而朗欣藉著文字隱微提醒我們的，或許也在於那些看似冷然的面孔底下，未必沒有他們熾熱的曾經。例如〈旺角賓館〉裡的健與玲，在日常的磨損中，對彼此的期待與失望已瑣碎細微到，以「能否發現家裡熱可可的品牌由雀巢換成了好時」作為判斷指標。但這對看似淡漠冷然一如櫻木紫乃筆下北國男女的情侶，卻是相識於佔領金鐘的活動。不過，朗欣並未停留在「他們也曾有過熱情與理想」這扁平的對照層次，相反地，當兩人從同樣平淡的日常爭執中和好，走在黑夜底下的旺角街頭時，小說是這樣形容的：

他們都知道彼此正在回憶，但默不作聲——一個人在想自己的眼睛遭受到胡椒噴霧，另一個人在想自己看見了別人遭受到胡椒噴霧而飲泣的時刻。他們想動用語言去描述那一瞬間，卻隨即發現自己早就忘記當時的感覺，到底是憤怒、恐懼、無力還是錯愕。

記憶固然不可靠，但連感覺，也是會遺忘的。一如他們連當時承載激情、承諾未來的旅館房間，究竟是四柱床的格局，還是貼滿鏡子？都無法取得回憶的共識。集體與個人的激情，如何安放回仍在繼續、仍要繼續的日常之中？如何看待放回去之後，那些變了樣貌的理想與情感？放不回去的話，又該如何面對歧路的未來？這不只是玲與健的課題，也是《觀火》裡不同年齡、身分的角色，共同的課題。〈十三歲〉裡的明謙體會到的是：「他十三歲，已經很清楚沒有什麼是可以重來。」〈離場〉裡的阿群說服自己：「人到五十好幾，生活本來就是這樣子，行行企企。」〈靈魂通信〉裡仍是少女的「我」，則說出了看似厭世實則早熟的話語：「歷史不也像這樣子的一坑骨灰，不明不白，隨時間過去，終究被壓縮，像堆填區要出口垃圾時不也要先將固體廢物擠壓成一顆立方嗎？」但就算只是一顆堆填區的立方，她也想去看看。「沒有原因。就是想做某件事。必須那樣做，才能安心。」就像〈蒜泥白肉〉裡被嘲笑為「黃絲阿媽」的陳師奶，在事件發生前和發生後，一樣堅持守護著兒子的飲食，要為不自由的他送上一碟蒜泥白肉。

這些掙扎、奮鬥、抵抗，有意義嗎？可能有，可能沒有。關乎我們對意義的定義。但就算沒有，「生活本身多的是沒有意義的片段」。沒有意義，但依然去做，必須去做。無非為了安頓躁動的心。

讀朗欣的文字時，總覺得有著超乎她年齡的蒼涼，當初〈十三歲〉的初稿讓我有點猶疑，裡面角色的話語和思想實在太不像十三歲了。但後來我慢慢發現，那是看似安靜寡言的朗欣，以她同樣超乎年齡的動盪經歷，沉澱而來的深刻感受。儘管那寡言的形象，同樣可能來自於語言隔閡帶來的錯認。記得討論〈靈魂通信〉時已近畢業，她略吃力地組織著當時尚未非常成形的，用這篇文字來思考「未來將如何看待此刻的運動」之想法。我說，不如你用廣東話講吧。瞬間語速快轉不止四倍，那個當下再度提醒了我，我所有觀看的印象，同樣帶著位移造成的偏誤。因此，不要妄下斷語。

不要妄下斷語，或許也是朗欣對自己小說的期許。她在畢業作品的摘要裡寫下：「身在台灣書寫香港，可以是作壁上觀、事不關己，卻也可以是保持距離，重新透澈地思考、想像、觀察運動的本質。」正因為退了一步來看，才看得到火的更多形態。或為灰燼或燎原，各有因緣與苦衷。看似同路人，可能純屬巧合；形同陌路的，卻未必不曾擁有同樣的想望。她下筆慎重，有時慎重到帶點疏離，但那是因為她深知「不論個人的絕望對世界而言如何不必要，它都是非常真實，不可忽視的，它是扎在體內的一根刺，細得無法拔除，又隱隱作痛」（《水葬》）。《水葬》也好，《觀火》也好，她處理的，其實一直是關於疼痛的記憶。

推薦序

人心即火——序蘇朗欣《觀火》

謝曉虹（作家）

如果把小說讀成時事索引，我們可以輕易羅列出《觀火》指涉的反送中事件：二〇一九年十月十九日，大埔連儂牆一名十九歲中六女生在派傳單時被割頸剖肚；二〇二〇年八月二十三日，十二名港人於乘坐快艇逃往台灣途中，被廣東海警局拘捕，送往深圳鹽田看守所；二〇二一年六月二十三日，《蘋果日報》宣布次日最後一刷，讀者連夜趕赴傳媒大樓送別……事實上，在閱讀書稿的過程中，我無法不因為查找相關的新聞紀錄，再次被血淋淋的記憶捕捉住。只是，若我們僅視這些小說為記憶的迴響，那就太對不起，也太小覷蘇朗欣了。就像〈水與灰燼〉所示，即使一幀理大圍城的新聞照片，抓住眾人目光的，是斬釘截鐵的對峙，是路障焚燃的紅與水炮車的藍，小說蜿蜒的文字，偏偏要深入站在中間的黑影，那邊界模糊之處。人心溫軟，我們是否真的確知，一場火燃燒、照亮、毀壞了什麼？

《觀火》這選集裡最早寫成的〈蒜泥白肉〉與〈水與灰燼〉，發表於二〇二〇年五、六月之間。懵懂母親為身陷囹圄的抗爭兒子備飯；勇武女生與還未學懂廣東話的港漂教授艱難戀愛——彼時正值不同陣營勢成水火的戰爭期間，這些小說「不慍不火」的「含糊」取態，真可謂「不合時宜」。即使有心人想要為它們「對藍絲廢老的同情」進行「辯解」，謂之能爭取黃藍光譜之中的灰色地帶，[1]作者卻不諱言，自己對運動的書寫，非為助戰任何立場。[2]恰恰相反，小說鋪陳的人生處境，突顯了過度簡化的革命語言如何在日常裡失效。幾年以後，蘇朗欣交出《觀火》一書，首先挑戰讀者的，便是標題裡那無法劃定的主語。

「凡人比英雄更能代表這時代的總量」。蘇朗欣下筆之時，不知可有想起張愛玲這句名言？如果媒體總是要捕捉最激烈的抗爭場面，那麼，誰會念記那些「在遠離中心的地方，或駐足、或踱步」，「穿背心的中年阿伯或者帶小孩的師奶」？在〈打火〉、〈旺角賓館〉這些與社會運動拉開了一定時空距離的篇章裡，從香港來到台灣讀書的曉晴、不再擠身抗爭人群的健，疑心自己乃觀光客，乃局外之人。然而，即使不（再）站在革命前線，難道便等於遠離火海現場？《觀火》的敘述，往往由日常的瑣屑開始，而語調又自有一份古典的溫厚，幾乎讓我們不察覺其尖銳。但正是在充滿柴米油鹽的尋常鋪陳裡，讀者赫

1 洪慧，〈你要擦亮自己——讀蘇朗欣〈水與灰燼〉〉，《虛詞》，二〇二二年四月二十日。

2 〈【專訪】在遷移中書寫九〇後作家蘇朗欣：反送中後，我無法從香港的議題走出來〉，《獨立媒體》，二〇二一年一月十六日。

然驚覺，革命之火早已侵入人物最深邃的情感領域，動搖自我想像與記憶的根基，進而改寫他們的人生，如此，也拓闊了我們對運動「現場」的理解。

蘇朗欣在獨媒的訪問裡說過，希望讀者在她的小說中看到愛。的確，《觀火》裡的主要人物往往受情感而非理念的牽引。健和玲在佔領運動中結緣，「兩個人沒有多少共同點，唯獨都有一股幹勁，很容易就被手機螢幕裡面吶喊的學生領袖、如水的人浪、騰升天邊的催淚煙霧打動。」阿群珍視蘭姐所交付的一棵仙人掌，並非因為那是《蘋果日報》遺物，而是感念其苦悶中年，難得好姐妹共同追星。至於讓十三歲的明謙迅速成長起來的，自然不是家長要求他上的補習班，而是學姐筆下眼睛閃爍著水亮光澤的漫畫少女。正是那雙綠眼與被刺傷的學姐重疊起來，持續縈繞明謙的內心，促使他捲入電影似的復仇行動。

革命之促成，本來就不可能只依靠理性的計劃謀算，其內在動力，來自於強烈的烏托邦衝動，因而可以與愛慾互證。上一世紀二〇年代，中國內地就興起過革命加戀愛的寫作潮流。王德威謂之若病，是一九二七年中國共產黨第一次革命後出現的症候群。[3]當年的小說家身兼革命先驅，對現實的審視，無法不受黨的約束領導。更可悲者，青年文學練習生無力掌控他們的敘述，反過來被自己的天真浪漫所騎劫，留下一堆美學上令人慘不忍睹的史料，可憐了後來的中國現代文學專家。

正如張愛玲所說，相對於永恆安穩的人生，飛揚的超人氣質，不過屬於某一時代。但誰說剎那的飛揚，便非真實？蘇朗欣關心的「愛」，無法以佛洛依德式的愛慾衝動概括，或更接近「情」之本義，與虛偽、名聲相對，指向人之

3 王德威，〈革命加戀愛：茅盾，蔣光慈，白薇〉，《現代中國小說十講》，上海：復旦大學出版社，二〇〇三年，頁五〇－一二六。

本，物之質。[4] 來到二十一世紀的香港，究竟健是當初那個「不怕日曬雨淋，在馬路上跑來跑去、幫中學生搭建自修室」的熱血男子，還是如今「整天窩在小公司的倉庫裡玩玩具」的「廢柴」？若非曉晴好奇於一根哈密瓜味的香煙，誰又會知道「乾瘦、無趣」，甚至連單車都不會踩的智洋，隱埋了一段有關理工大學之戰的難言往事？對於一場「無大台」的全民運動，《觀火》透現出這樣的洞察力：革命不僅是關於社會的改造，它同時觸動了一般人潛在的本真性情；人心即火，相互點燃。什麼是極權的暴政？不，它不僅輾壓與囚禁抗爭者的身體，同時也橫刀截斷了群眾充沛的情感之流。當有人急於營建復常的幻象，《觀火》要召喚的，偏是干擾日常的記憶，是小情侶曾經有過的青春姿態、一面沒有洗刷乾淨的牆壁上有過的吶喊，以及種種被驅逐到「時間之外」的經驗。當群眾再也無法以街頭聚合來相告彼此的存在，無法以百萬人海的方式佔據新聞頭版，換取國際注視，最少，文學溫婉延綿的敘事，為我們勾畫出情感的線索，如何繼續以隱密的方式，在日常裡流轉與傳遞。一根哈密瓜味香煙、一串旺角賓館鑰匙、一棵仙人掌，都是情動的鐵證。

歷史正在，並將繼續以符合統治者利益的方式，烙印在人民身上。小說集裡唯一一篇如泣如訴，以第一人稱寫成的作品〈靈魂通信〉，講述了背負著父親惡名的「我」，如何在兩種對立的論述裡，被剝奪了有關父親的記憶。除了戴上面具，冷眼迎戰世界，小說提示我們，「我」還有另一副反抗的「武器」：有情的語言。父親究竟是暴徒還是勇士？一切證據被毀滅以後，歷史真相或者永遠無法追查，但通過給已逝父親寫信，「我」即使無法收到任何回覆，卻得以重新觸碰自己刻意迴避的情感世界，也是如此，「我」才能聽見，

4 據格雷厄姆對漢以前典籍的爬梳。見 Graham, A. C.,"The meaning of Ch'ing", *Studies in Chinese Philosophy and Philosophical Literature*, Albany, N.Y. : State University of New York Press, 1990, pp. 59-66.

那被壓抑的，屬於自己的真實聲音。

文學何用？提摩希・史奈德在《暴政》的其中一堂課中，特別提醒活在極權統治下的人們，必須愛惜自己的語言，「切忌人云亦云。即使有些事你以為別人已經說過了，仍要以屬於自己的方式發聲」。「請把螢幕搬出房間，在你的周圍放滿書吧！」史奈德舉出了一系列應讀可讀之書。在他建議的書單中，我會加入蘇朗欣的《觀火》。

目次

體例說明

本短篇小說集為尊重創作者原意，書中香港詞彙、用字按創作原文保留，不另編修，特此說明。

打火

後來曉晴再見到智洋已經是十月。期中考最後一天，人潮湧出學院，曉晴在停車場裡尋到自己的單車，轉身一瞥，居然見到智洋在吸煙區抽煙。

智洋不高，戴眼鏡，頭髮削短，肩上掛一個殘破帆布袋，全身上下質樸無華。他倚坐在吸煙區的鐵椅上，左手搭上褪色的扶手，右手輕輕夾著剩下一半的香煙，擱在生鏽的鐵桌邊緣。桌子正中央是煙灰缸，已盛滿灰燼。香煙燒到盡頭，智洋目視星火散落，曲起指頭把煙頭彈入缸中，手勢俐落。

第一次見證那場面，曉晴愣住一下。

真想不到他會抽煙，她想，那麼乾瘦、無趣的一個男生。

然後她垂下眼眉，把背包塞進菜籃，轉身面向台灣同學，一邊跨上單車，一邊用流利的普通話談笑——從小看大陸綜藝學來的。

來台兩個月，作為港生的曉晴絲毫不認為跟台灣人之間會有任何溝通困難。對她來說，國語和普通話分別只在前者語氣溫柔，後者多捲舌音，僅此而已。她輕鬆融入環境，足跡遍布縱谷許許多多的什麼步道什麼湖什麼潭，她有自信自己去過的景點比得過本地人。所以，這次她們想去更遠的地方，慶祝順利熬過考試，要去瑞穗？玉里？要不往更南闖，台東三日兩夜？好啊，不然去墾丁，享受陽光海灘？

她夜裡躺在宿舍狹窄的單人床墊上，開始策畫一趟墾丁之旅，滑動手機查看海岸邊緣的民宿指南。

但智洋輕輕吐出的煙霧彷彿留在眼角，似有若無。

曉晴跟智洋兩個人，一個讀大學部，一個是研究生，幾近沒有相接之處。

之所以認識，是因為疫情肆虐，初來乍到，每個人在機場都得先買一張電話預付卡，方便政府追蹤防疫，唯獨未滿十八歲的曉晴不能買，推拉折騰好一陣，最終找到二十四歲的智洋代辦，兩人才在五十幾位新生裡相認。

十四日隔離結束，新生們從宿舍魚貫離開，那陣時單車已經一輛伴著一輛停在樓下，港澳會的學長姐在停車場邊守候，手裡提著塞滿紙鈔和硬幣的文件袋。

當初港澳會迎新ＬＩＮＥ群裡，學長千叮萬囑一定要買單車，不會踩的馬上去學，不騙人——畢竟這間東部大學校園廣闊是出了名——並隨訊息附上一張捷安特產品目錄。新生們慌了，趕緊下單，由學長代為訂購，聽說有特別折扣，結果還是一輛四五千台幣，群組裡還有人猜疑是不是有詐？但得不到任何回答。

現在終於摸到車子，曉晴拍拍座墊，跨坐上去，在隔離宿舍門前的迴旋處繞兩個圈，感覺不錯，才付錢付得心甘情願。

「同學，你的車呢？」學長朝著曉晴背後發問。

她轉身，發現是智洋——她不記得他的長相，卻認得一對黑框眼鏡，還有身上洗到發白的格紋襯衫——他搖頭，說：「沒買。」

兩人對上眼。已經不可能裝作不曾遇見，唯有尷尬地搭話。

曉晴勸他不如乾脆添置一輛車，一邊給他看看手上的淑女車。智洋雙手抱胸，望著她，嘴角歪歪斜斜向下垂。道路兩邊栽滿了兩人都不認識的樹，夏日陽光穿透枝葉，在智洋的窄臉上打出交錯的光影，其中一片落在他的右眼。他眨眨眼，一直搖頭，堅持走路。

曉晴不服輸，糾纏好久。

到最後，智洋才說：「我不會踩。」

她沒想到，忍不住笑：「我教你，當作報答之前辦的電話卡。」

智洋唯唯諾諾，隨便把話題帶過，那張嘴裡沒有流露出一絲鬆懈。

「好吧。」曉晴知道再講便是自討沒趣，於是隨意把話題了結，伸手一指：「那我差不多走了。去那邊。」

事實上「那邊」是哪一邊並不重要，純粹是擺脫對話的藉口。她跨上單車，疾馳而去。

智洋目送她離開，拿著學校派發的校園地圖，轉身走向宿舍。他得走很遠很遠的路才會抵達宿舍。

開學後，兩人就沒再見面。然而那十月的一瞥裡面，當煙霧飄過，在曉晴心中種下了歹念，慢慢地她竟想抽煙。一個人留學，難得擺脫了大人，就想自己當大人，可惜朋友裡沒一個像會抽的，她便不敢問。夜晚在四人宿舍，燈光滅了，曉晴躺在上層床，直到手機用盡電源，仍睡不著，她放空腦袋，想像什麼是吞雲吐霧。

受不了。

於是深夜一個人跑去旁邊的全家，硬著頭皮問：「我想買煙。七星，藍莓。」為了不出醜，還特地上網調查品牌。

大學裡的超商原來不賣煙。

曉晴隨手買了一支瓶裝茶，沿路走回宿舍。她不甘心。難得下了決心——決心像酒後的一瞬昏頭——儘管自己從未真正酒醉——就是這個晚上，她非抽上一根煙不可。她跳上淑女車，一路加快速度，從手把鬆開雙手，感受著輕盈的失重。快要踩到校門了，她在路口停下，左右回望有否機車轉出，這時候發現了一道身影。是智洋。

全是因為那種想像的酒醉，曉晴想，反正她踩過去攔在智洋身前。智洋一頓，猛地後退，狠瞪曉晴，神色警戒近乎凶狠。換曉晴嚇到了，連忙道歉。

「我只是想，嗯，跟你買一支煙。」曉晴說。

「買煙？」

「對，我想抽煙。」

智洋垂下手，尷尬地撥弄衣襬，沒有說話。

兩人陷入沉默，最終曉晴打圓場：「沒關係，我去外面買。」

「不用。」

智洋從格紋襯衫口袋掏出一包煙，抽了一根給曉晴，接著越過她，向校園走。格紋消失於幽深的樹影底下，他似乎還是低著頭，走自己的路。

曉晴拿著煙踩回宿舍，才想起自己沒有火。

那根煙不長也不幼，有一顆紫色的小球在吸嘴底端，煙紙寫著MEVIUS。

她把煙含在嘴裡，嚐到薄荷的涼。這就是七星藍莓？她一直把玩，直到臨睡前才把煙收進襯衫口袋。卡其色半透明薄紗襯衣，防曬用，明天穿著出門。朋友說好下課帶她去七星潭看海。

隔天上課，要是有空檔，她就到吸煙區徘徊，想問煙友借火，卻又遲疑，昨天的膽色一下子全沒了。來回直到下午兩點才等到智洋，她一見那格紋就認出來，立即迎上去。智洋替她點火，手勢熟練。

曉晴終於抽到平生第一口煙，吸得輕輕淡淡，她聽說要是太用力的話，會頭暈。自問做好了所有防範措施，沒料到還是會暈眩——因為逆風，煙霧撲上她的眼睛，她用力瞇眼迴避，卻因而發昏。她閉上眼，聽見鴿子在上空迴旋，聽見枝葉搖動，聽見智洋輕笑時的鼻音。

這樣的一根煙她吸了很久，直至朋友來電，才出發去太平洋的海邊。

此後借火成為日常，她想像生活是電影《志明與春嬌》，一對男女在小巷交換一口煙，呼出了愛情。智洋不是她喜歡的類型，所以她心裡幻想的是一個高大台仔，會打扮，長著一張明星臉，在同樣的枝椏下突然出現。她其實沒看過那齣戲，和智洋相遇時也不曾談論過什麼愛情。他們會一起嫌棄學餐又貴又難吃，嘲笑花蓮市區某些自稱正宗的港式茶餐廳，討論最近上榜的香港流行音樂，間或由她哼出一句歌詞，等他和聲——他通常都會和聲，即使每次開始時都害羞而困惑，而且聲音永遠細得幾乎不被聽見。

港澳會的同學若然不在同一個系所裡，幾乎全都在開學不久即各散東西，曉晴的校園生活沒有多少講廣東話的機會——唯獨在這一呼一吸的時刻，她終於使用母語。當舌頭發出倔強的入聲，她感到非常懷念。

到了樹葉枯黃的季節，兩個人已是心照不宣地，總在同樣時間出現在吸煙區。所有事情都成為習慣，因此在這天陰的日子，他們在吸煙區聚頭，當智洋抽出一根煙給曉晴，她仔細看著他連番開合煙盒的食指，突然感受到他情緒的變化。

她把煙遞到唇邊，還沒點火，馬上就察覺到不同。太甜。她仔細看。這不是七星藍莓。應該說，是七星，但不是藍莓，末端的晶球不是紫色而是黃色。

「這是另一個口味？」她問。

「哈密瓜。」智洋呼一口煙。他的嘴裡也有甜味。

「咦，我沒抽過。味道如何？可以先借我試試嗎？」曉晴問。卻又感覺不好意思。轉念想，不過一口煙，為什麼要尷尬。

智洋安靜了一陣，搖搖頭：「我不想。」

「哦。是哦。也是。容易交叉感染。會沾到口水。疫情嘛。」

然而智洋又搖頭，喃喃說不對。

曉晴問：「為什麼你會買這個？你平時每次都是藍莓。」

「以前抽過一次，那時跟我分享的人說是哈密瓜。我一直惦記在心裡。」

「所以就是有跟人分過嘛，女朋友？」曉晴扯開嘴角在笑。

「分享同一支煙對我來說等於分享了生死。」

智洋回答時，眉目低垂。

曉晴笑著說她聽不懂，正想叫他少裝模作樣，但眼見智洋的手凝在半空，煙沉默地燒，幾乎纏上指節，她便不再說話了。停頓中，有枯葉飄落地上，在曉晴眼角邊緣。有人走過，踩中落葉，葉片碎開，聲音清脆。

智洋像是突然被挖開了話匣子似地——她以為他身上沒有這東西——滔滔不絕：

「十一月那時候，我在理工大學，每一條路都被封死了。我一個人坐在七仔附近，有個陌生的手足問我有沒有煙。那時學校的七仔所有物資已被搶光，連一包煙都沒有剩下來。我身上本來還有最後一支七星藍莓，但在一次突圍時弄丟了。其實抗爭之前我都沒有抽煙，全都是因為後來壓力太大了。我跟那個人站在七仔爆開的玻璃櫥窗前，都沒說話。這時候另一個手足經過，和我們站在一起，從口袋裡抽出了一支哈密瓜味七星，我們盯著他，他也回望過來。那是他最後的香煙，但他遞過來，我們三個人輪流交換著抽，抽得很慢很慢，直到最後只剩下濾嘴，它自己熄滅了。凌晨五點半，警察打進來，我們的人往學校正門拋出雜物和白電油。當時天空是紅色的。」

智洋無意識地抖了抖煙灰，問：「你有去嗎？抗爭。」

「有去遊行。」

她確實有去過一兩場六月的和平遊行，由銅鑼灣出發步行去金鐘，和朋友一起，出門前精挑細選當日的衣著配搭，也不戴口罩。後來事情逐步演變成另一個模樣，此後她對抗爭的認知都來自新聞報導、社交媒體、朋輩分享，但沒有一個朋友會跟她說起在抗爭現場抽煙。

智洋不再說下去，所有的話語彷似頓時煞停，他把煙湊近唇瓣。他總是吞吐輕盈，像在品嚐什麼人間美味；曉晴卻相反，別人一根煙的時間足夠她完成兩根，因為喜歡用力吸，用力呼，吐出來的煙霧特別多，也特別美——她不怕暈眩。已經不怕了。

「那另外兩個人，現在在哪裡？」曉晴問。

智洋還是搖頭，安靜眺望遠山。

搖頭算什麼？曉晴生起悶氣，兩個人之間落得如此尷尬，還不是因為他，是他硬要挑起這種無法輕鬆接下去的話題，挑起了又無以為繼，說一半又不說一半，像把她當成是局外人。

然而，難道她不是嗎？

曉晴沒有辦法輕率回答這個問題。

她坐到鐵椅上，問：「為什麼要來這裡念書？我在港澳會的學長口中聽過，每年都有香港新生耐不住寂寞，決定退學，不然往北部轉學。台灣這麼大，選擇這麼多。」

兩人一同望山。除了山之外，沒有別的。

曉晴自問在奇萊山下活得很好。她不是那種會因為生活不便就放棄的人。

她已經適應濕潤的空氣，當把書本從架上拿下、發現手指摸著霉菌時，不會再感到驚訝；她清楚鄉郊地方交通不便，下定決心半年後考機車，請台灣人朋友教學，並且習慣了高速中猛風刮面的疼痛。她終於愛上這個地方——

「因為容易考上。」智洋戳穿真相。

見曉晴不答話，他苦笑：「好吧，你就當作是因為我不想再待在石屎森林，那種大城市，那種高牆。我想在花蓮看大山大海。我也喜歡散步。」

「你用走的未免太沒效率了吧，例如，如果你要買煙，由宿舍走到校外的超商要四十分鐘。」

「那個拿出煙來分享的手足，說要走下水道逃亡，他彎著身向下爬，誰都不知道他有沒有成功。」

曉晴用力吸手上的七星哈密瓜。澄澈天色下，中央山脈清晰可見，彷彿永恆屹立。是它眺望我們——曉晴有種錯覺。智洋的側臉在霧裡頭隱隱約約，配合著落葉，有種少年憂鬱。曉晴突然覺得世上的一切溫和而善良，儘管這種想法如此不合時宜。她幻想著自己的大學，這一間花蓮風光明媚的大學，在夜裡著了火，焚燃出焦紅色的天空。

但是，在台灣，會有這種事嗎？她無法想像。這裡大概沒有什麼殘破的七仔，只有好山好水。

她沒頭沒尾拋出一句：「你去過七星潭嗎？」

「沒有。」

「去過哪個名勝景點嗎？」

智洋沉默，最後搖頭。

曉晴笑他：「來這麼久什麼地方都沒去過，還說什麼想看大山大海，根本騙人。」

然而話一出口，她就見到智洋的臉色頹靡下來，有如受傷。

曉晴心裡慌了，脫口而出：「不然我們一起去看好了。」為了加強說服力，還拉著智洋動身往校內的公車站出發。沒想到他真的任由了她。

兩人走到圖書館外，查看公車時刻表，好不容易等到一班，對司機一問才發現根本到不了七星潭，終點在花蓮火車站，必須抵步後再轉乘另一號公車，一路上風塵僕僕。智洋小聲嘀咕，不如別去了，卻被曉晴瞪回去，四十分鐘又四十分鐘的車程和等待，彼此默然無語，一個看風景轉眼流逝，一個合眼小憩。

抵達七星潭已經是五點，兩人下了車，望出去，偌大的風景園區裡大部分攤販都蓋上了帆布，也就是說，打烊了，沒有服務。車站只有他們倆。曉晴暗自反省，果真是太衝動了吧？還有回程的班次嗎？反而是智洋望向海，邁步前行，走到一半回身揚手召曉晴過去，似乎沒有了最初的慌亂。不安的人換成曉晴，但她又能怎樣呢，不就只能去看那日落時分的海了嗎。

十二月初，天氣說不上冷，只是天色反覆，剛才在學校還是好好的，到了海邊卻是烏雲一片，雲層低壓似欺身——花蓮一貫景觀——實在說不上什麼好天氣。然而智洋似乎非常滿意眼前陰翳的七星潭，他坐下來，伸長雙腿，兩隻手壓在鵝卵石上，支撐身體，呼出一口嘆息。曉晴猶豫兩三，最終也跟著並肩而坐。石灘凹凸不平，久坐，屁股開始痛，她將包包墊在地上。眼前水花翻來覆去。岸邊，每隔一段路就有一小撮一小撮的人，全都捲起褲管，穿著人字拖鞋，水來時驚呼，水退了又回到原來的位置，踩踏在被海水吞吐過的砂石上。在智洋和曉晴右方，有一對情侶帶了單眼相機和腳架，三根支架插在石頭的隙縫中，他們校正倒數計時，連續自拍十張。每個人都裝備充足，毛巾、遮陽傘、風衣、手套樣樣不缺；唯獨智洋和曉晴手上空空如也，沒水沒雨傘，什麼也沒有。

最多有一包，或者兩包，七星。和打火機。

七星潭的海分成三種顏色：花白的浪，近接的碧藍，到遠方的深藍。也許更遠的地方還會有其他顏色吧，曉晴記得上一次來——便是抽那第一口煙的日子，她乘坐在台灣同學的機車後座，天空沒有半片雲，一切明媚如許，他們大笑，拔足狂奔，撿拾起散發熱氣的石頭往水面擲出——她問過同學，為什麼海會有不同顏色？她從沒見過被分割的海水。同學也許回答了，也許沒有，她沒記住。海水翻起的時候，連綿成一道壯麗的牆，後面的浪會吃掉前面的浪，最終融為一體，直撲到岸上。她維持安全的距離看潮進潮退，並且為之著迷：所有的浪都如此相似，所有的浪都不會相同。

好幾次，浪越來越急進，曉晴甚至相信大水會馬上席捲而至，自己將會和前方倒插在沙地上的一個啤酒瓶有相同下場：當海水湧近，它會顫抖，卻不被帶走——她會被全身上下沖成濕透，但仍在這裡停留。

然而每一次，泡沫頂多只會湧到她的腳趾前沿，便立即爆開，退去。水從未撲上她的肌膚，哪怕一吋半吋。

智洋撿起一塊圓石，起身往海裡拋。石頭沒入浪中，無聲無息。他再來一次。曉晴過一陣子才猜出來，那是彆扭的打水漂。

「你那樣不行的啦。」她說：「擲出去的時候要彎身，腰要扭轉。石頭要旋轉。」

她挑了一片扁平的礫石，在遠離水邊的地方示範動作。智洋回頭看她。逆光使她無法辨識他的表情。

智洋再次拋出石頭，仍然連一次彈跳都沒有發生。他彎腰，挑剔地揀選，撿拾。

天空逐漸邁入澄黃，不過也許是因為天陰，他們沒有遇上期望中的渾圓夕陽。但海仍然美，泛著火一般的光澤，燦爛到刺眼。若是平常時候，曉晴會抓緊短暫的日落時光，拿手機拍照，換好幾個角度，發給朋友家人，但此刻她只是凝望智洋不屈不撓地拋擲的身影。每一顆石子都噗通跌入海中，一切都毫無起息，卻無礙他的興致，假如那稱得上是一種興致的話。

曉晴想，這個人，不肯踩單車、不曾看過這邊的海、學不會打水漂，封閉而固執，似是心裡也持續翻滾著一片堅硬如高牆的浪。

智洋俯下身，尋找另一塊合適的礫石，這時煙盒從他的襯衣口袋裡掉了下來。他一手捏著石頭，一手拾回香煙，抽出一根七星。

「我是騙人沒錯。」他點火，呼一口煙：「來這裡確實是因為容易考上，排名後段，又是國立，學費不貴。我根本不缺一個碩士學位，我在香港原本是公務員，在郵局上班。」

曉晴也抽出自己的藍莓，咬在唇間。

「另一個要煙的手足，後來再沒有了消息。」

她上前湊近他，讓煙頭相接，傳遞了火花，點燃，呼吸。

「我是沒有辦法才來讀書，你明白我的意思嗎？我和你不一樣。」

智洋面對昏黃色的海，一個人說話。他不是說給她聽的。他走進水裡，不管褲腳沾濕，持續往前走。曉晴怕他看不開，衝過去抱住他，死命攔回來，用力得使智洋一下腳步踉蹌，錯手放過石塊。泛著泡沫的白浪沖刷而來，沙石掠過曉晴的腳踝，繼而遠去，重覆又重覆。

「我教你踩單車吧。」終於曉晴說，不是提問。「去看你們想看的地方。」

智洋沒回答。他把菸頭扔掉——原本夾在指隙間的一根早就結束了。就像他的故事，三個人在絕望中分享薄荷冰涼，最終留下短小的濾嘴，就是那樣子的無聲終結。

曉晴遞給智洋一根全新的藍莓，第一次，由她替他打火——滑動輪子，擦出火花——智洋叼著的煙點亮了光。

這時，斜陽沒入海平線。所有日光終告失去。

智洋接過打火機，緊握在手心。明明手上已經沒有任何一根煙了，他仍要點火，晚風吹拂，每一次都把火苗吹得歪斜，吹得熄滅，但他依然不斷嘗試，就在夜海邊緣。

十三歲

1

明謙和宏澤升上了同一間中學，都要跨區，從觀塘去炮台山。學校是他們兩個主動挑選的，排名不差，又是地區名校，父母因而容許了。難得他們找到一所喜歡的學校，又能跟好朋友一同升學，他們希望可以藉此提升兩個孩子的學習動機。

只是猜破頭也想不出來為什麼要走到這麼遠。

兩個人對著父母什麼都沒說。

宏澤是個瘦子，經常呆張著一張嘴呼吸，上課時常發白日夢，但成績始終維持在中上游位置；明謙眼睛小，怕事，老師叫他起立回答課本問題，他站了一整節課都說不出一句話來，除此之外，毫無特點可言。兩個都是被放逐的邊緣人，每次上體育課，遇到分組活動立即落單，老師唯有把兩個人湊在一起，久了竟然成為真心朋友。

升中放榜前一天，宏澤來明謙家裡看漫畫。

「我說啊。」宏澤一邊翻頁，裝作漫不經心地說：「我們上中學後，一定要改變。」

明謙沒抬起頭。少年漫畫的戰爭情節裡面夾著宏澤未變聲的童音。他繼續翻頁。一群敵兵戰死沙場，血塗成純黑色。明謙隨意應答：「怎麼變？」

「要變得受歡迎。」

「吓，哪有辦法？」

「我們特地把C中當第一志願，走到那麼遠，不就是要擺脫小學那些白痴嗎？」宏澤伸手去拿茶几上放著的熱浪牌薯片：「你都把未來六年人生押在C

中了，難道不就是要改變嗎？」

明謙沒辦法想像未來自己會變成什麼模樣。不要說中學六年了，他連明年自己的輪廓都描繪不出來。真要說的話，首先，他想趕快步入青春期，快高長大，聲線變沉，下體生毛。他夜晚會陪媽媽看韓劇——想想那些男主角，要是有他們三分之一帥就足夠了。放暑假後，他閒來沒事就照鏡，希望鬍鬚趕快長出來。終究是沒有。他恨不得拿原子筆往臉上一撇一撇地畫。

倒是宏澤，到了暑假尾聲，突然脫胎換骨，人抽芽一般長高，腳板變大，喉結突出，手臂小腿逐漸變得毛茸茸，他也不遮掩，甚至有點像是刻意炫耀一樣，新買的衣服全是短衫短褲。明謙沒問他下面長毛了沒，雖然他很好奇。總之，宏澤作為一個準中學生，變得非常醒目。明謙想，他的荷爾蒙真夠長進，選了一個最合適的時間來作用。這樣新同學們沒一個會記認到他從小那副瘦弱模樣。

但是，宏澤張著嘴巴呼吸的壞習慣始終改不了。

當下次宏澤來一起寫暑期作業——宏澤說他爸一日到黑飲酒賭馬，在家靜不下心來，反倒是明謙家裡地方大，又可以隨便開冷氣——他拉住明謙，叫他打他。

「吓？」明謙愣住。

「每次見我張開嘴巴就打我，快打我。我一定要在開學前改過來。」

明謙怯生生地輕拍他的右邊臉頰。

宏澤啐一聲，舉手摑自己，用力的。他說：「要這樣，不然沒有阻嚇力。」

「哦……哦哦。」

明謙打下去。這次宏澤滿足了，頻頻點頭。他們就這樣，幾句一巴掌，幾句一巴掌，直到明謙媽回來——她是全職主婦，每週兩天在快餐店做兼職——

準備晚飯，還是繼續摑。媽媽從廚房探頭，望著在飯桌邊寫作業和摑來摑去的兩個孩子，覺得可愛又好笑，於是不去打擾他們。

C中建在山腰，要從地鐵站上學，可以轉右走漫長的坡道，或者轉左爬陡峭的長樓梯。樓梯是最近十年才建成，走到一半還能選擇改搭旁邊的電梯，遠比坡道便利，自從落成以後，幾乎成為了每一個C中學生的通勤路線。

第一天上學，宏澤跟明謙打賭，他爬坡道，明謙則是爬樓梯加上搭電梯，看誰比較快。宏澤說自己這個暑假勤練體能，跑坡道上去完全不成問題。明謙心想哪有可能，悠哉來到校門時，宏澤已經在等他，氣喘如牛。明謙看呆了，誇張地嘴巴張開。

宏澤冷漠地笑，伸手托起他的下巴，合上他的嘴：「換一個書包吧。」說完就轉身，瀟瀟灑灑地走了。

明謙望望自己的背後，純色護脊書包，小學五年級用到現在還很新淨，不明白是哪裡不好。

宏澤在中學很吃得開——他競選班長（選上了）；主動起身幫老師收作業（獲得稱讚）；在大家還未熟絡的九月初，就聚集同學一起外出午膳（起初只有一個胖子跟上，後來慢慢聚集了四、五個男生）。雖然上課仍然愛盯著窗外做夢，不過嘴巴倒是能夠乖乖合上。大家都對他印象深刻。

自嘆不如，明謙心想。看看自己，還是那個羞答答的小男孩。開學當日班主任請大家輪流起立自我介紹，一聽見這要求，他馬上緊張得牙關打顫；輪到他時，只說得出名字。宏澤在後排小聲提示他：「講講小學啦！興趣啦！」他始終沒法作聲。他頹然坐下，聽到宏澤大大嘆息。

看著宏澤成為了小圈子裡的領導人物，明謙像是感覺到喉嚨哽著魚骨刺，不舒服。

儘管明謙永遠覺得自己無法融入群體，宏澤仍然每天邀他一起去吃飯。有時他們一伙男生走在路上，大家在聊天，明謙搭不上話，自覺地落在後頭，宏澤就把他拽出來，手臂搭在他的肩膀上，說：「這傢伙就是太怕羞，玩開心了就沒事。」

宏澤在餐桌上談笑風生，一邊把餐盤上的炸豬排分給最早一起同行的那個胖子——明謙仍然記不清楚這些同學的名字，儘管中學年代，飯友彼此就是一個小團體——又問要不要星期六一起出來打機？就約山下的麥當勞，一人一包薯條，佔領一整天。明謙知道，宏澤把一切都處理得很好。

「你可以不用管我。」在地鐵車廂，明謙說，儘量若無其事。

觀塘和炮台山相隔一個海，兩人上下學必須坐地鐵連番轉線，穿越香港島和九龍東之間的海底隧道，路程迂迴複雜，也不和別的同學重合。他們一起並肩站在車門邊，倚仗玻璃窗，望著隧道的陰影在背後持續變換不同深淺的灰黑色，和車廂的白色燈管形成對比。明謙認為這一種黯淡色澤比較符合自己的心境。

「一日兄弟，一世兄弟，有你就有我。」宏澤舉出拳頭。

「吓？」車廂嘈雜，明謙聽不見。

待列車停站，宏澤才說：「你這個口頭禪要改改了。」

「拳頭是幹嘛？」

「跟擊掌一樣，不過這個是擊拳頭。」

明謙輕輕握拳，舉起。宏澤敲下去，力道猛得明謙差點鬆開手，但他努力不作動搖。

學校要求每個初中生必須參加一個校內學會，理由是發掘興趣、拓展社交、建立團體精神云云。宏澤相當熱衷，跟幾個飯友熱烈討論到底要選足球還是籃球？他們開始談論未來加入校隊，贏比賽，在球場煥發英姿的可能性；而明謙只是交疊雙手，看著他們，看準時機敷衍地應答一些句子。最後宏澤用擲銀做決定，刻意用拇指挑起硬幣，卻砸中了飯友的臉。一群人奔跑追逐，撞跌了幾個女同學的文具，男孩女孩在課室裡嬉戲了一個下午。飯盒還沒吃乾淨。

「你呢，如何？」小憩時，宏澤跑到明謙前面的位置坐下來——是個女同學的座位——戳著明謙的髮旋。

「哪個都不想要，只想回家看漫畫。」明謙說。

宏澤緊皺起眉，像是在思量：「對啊，你確實只會躺在家裡看漫畫，打機。」

「你就是要挖苦我是吧。」

「漫畫！」宏澤雙手一拍：「視藝學會如何，你加入了，可以名正言順看漫畫。」

明謙認知的視覺藝術是小學時的美勞課，塗廣告彩，不然做雕塑，跟漫畫沾不上邊。但他不討厭做勞作。

「真的可以看漫畫嗎？」明謙喃喃說。

「不然你來跟我們一起踢球算了，我教你。」

「才不要，一身汗臭。」

「你真的很挑剔耶。」宏澤很開心地笑了。

學會迎新那天，明謙才發現新生原來只有寥寥幾人，沒有一個人認識，心裡害怕，開始後悔當初幹嘛不跟著宏澤參加足球隊，像他說的，他會罩他。他在美術室門外徘徊，想是不是該隨便掰個藉口不去了，肚子痛之類，卻又更怕被老師識穿，落得被揭發的窘境，唯有硬著頭皮進門去。

美術室裡面分成四張長桌，一張桌子可以坐五、六個人。幾個高年級的幹事圍在一枱，見有人出入，訕訕然回望，瞥一眼又回頭繼續閒聊，午後陽光灑在他們身上，偶爾在某個人的眼鏡鏡片上折射閃光，會刺中明謙的雙眼。明謙在接近門口的位置坐下，身邊是兩排楓木色的書櫃。

指導老師敲門進來，設好麥克風，簡介來年學會活動，都是些長年累月不曾改變的例行公事。

「視藝學會沒什麼好玩，不像那些玩體育的，可以跑跑跳跳。」戴眼鏡的年輕男老師語氣真誠：「倒是你們為什麼要來這裡呢？你們有想像過視藝學會是幹嘛的嗎？」

沒人應聲。

男老師的視線飄到明謙身上：「同學你呢？」

明謙嚇著，想吓一聲，但強忍著吞回肚子裡。

「嗯，就，漫畫。」他說。

老師揚起嘴角：「漫畫？那你見過會長了沒有？——哎，說到就到。」

有人越過明謙的背後，闖進了美術室，挾著一陣風，明謙感覺得到。他回望，見到一個女生走來，右邊肩頭背著黑色畫板包，左手提著帆布袋，裡頭插著畫具。她把長髮束成馬尾，只留著額前一撮旁分的瀏海。

「剛說到你呢。」老師說：「你看這個學弟，說是來畫漫畫，你要不要把最近畫的給他看看？說不定可以交流交流。」

明謙正要解釋自己其實是想說「看」漫畫，而不是「畫」漫畫，可是來不及了。他迎上學姐的眼神。

他不記得那天大家還聊到什麼，或是根本什麼都沒聊到，對他來說，都不重要；重要是學姐真的打開她的畫板包，拿出畫布，得意地咧嘴而笑，明謙斜著眼睛偷看，見學姐長著一對小小的虎牙，那對牙齒就是當日全部的記憶。

「幹嘛，又不去吃飯？要是茶餐廳不合心意可以跟我們說啊，我們改去麥當勞。還是你要肯德基？」

午休時間——按他們的說法是「放飯」——同學拎著錢包離開，但明謙仍待在教室裡不肯起身。宏澤走近他，問道。飯友們在門邊等候。他們最後選擇的是足球學會，每週一都要留校訓練。

明謙搖頭：「我有事要忙，吃麵包就好。」

「營養不良，會長不高。」

「我要去美術室。」他抓起書桌上的筆記。

「美術室？所以是怎樣啦。搞什麼祕密嘛！」

宏澤抓住他不放，硬把他迫到牆角。被多兇兩句，明謙就沒辦法抵抗。

「我要練習畫漫畫。」他說。

宏澤搶去他的筆記，揭了幾頁，感嘆：「你畫得比剛開始的《進擊的巨人》還難看啊。你看，那些骨架。最好是以後劇情可以寫得一樣好看。」
「所以才要練習啊，看夠了沒，還回來。」
「你未來要當諫山創嗎？」宏澤問他，嘴角揚起。「我未來想當麥巴比。」
「誰啊？」
「一個球踢很好的法國人，很年輕。」他舉起筆記本，拍拍明謙的胸前：「以後，你當漫畫家，拿我當主角畫一本足球漫畫。」
宏澤說罷轉身就走，留下明謙一個人在教室裡。
所有人都離開了。
明謙來到美術室。沒一個人。他看看教具台上散落的畫具，摸索一陣，發現自己頂多知道鉛筆，於是拿了幾支不同硬度的鉛筆在紙上比劃。他上網粗略查過資料，還是不清楚3B和HB的分別。
他的漫畫遠遠稱不上成形，只不過是幾個格子拼湊在一起，組成四頁潦草的分鏡。但是，他的野心很宏大，腦袋裡早就構築了一整個架空的魔法世界，以及一群各有本領的少年男女；他計劃要長篇連載，學日本少年漫畫的格調，起碼三百回，頭四十回是第一部，關於……

「欸，你畫得很不錯呀。」

明謙反射性地趴在桌上，用身體擋住筆記。他狼狽地把筆記合上——不小心摺彎了一兩頁——才回望，學姐和他對視，眼睛瞇成線，退開。

「我剛開始畫畫也是這樣子，不想讓人看到，覺得丟臉。你以後就不會緊張了。」

她邊說邊越過明謙，拉開教具台的抽屜，取出一盒水彩和調色盤，又往教具台後方走去。那裡有扇門，後面是儲物房。明謙聽說裡面被布置成美術教師專用休息室，有單人沙發和咖啡機，不過沒人確認過。

她隨手拉開趟門。

「哇，你可以進去嗎？」明謙起身問，發覺自己的藍色校服領帶沾上了一抹乾涸的廣告彩顏料。一定是剛才趴在桌子上的時候弄到的。他不斷擦拭，還是處理不來。

「可以呀，我問過老師，請他幫忙保管我的畫。」

學姐取來迎新日展示過的畫紙，攤開在長桌上。畫裡是一個短髮少女的近鏡特寫，以側面示人，一對眼睛輕輕瞟向畫外。臉已經上好色，只差眼睛。嘴唇是淡淡的朱紅色，唇瓣水潤，像真人一樣，會反光。明謙看久了，才曉得是因為繪畫時有仔細調節過色彩，重重覆疊之下，竟連反射的光影都能夠摹畫出來。

「好厲害。」他忍不住說。

「謝謝。」

學姐在角落的水槽稀釋著顏料。

明謙偷瞄學姐的背影，盯著她梳理整齊的馬尾。當她回頭，他馬上挪開視線，卻覺得水彩畫中的少女把他的一舉一動都看光了。

「這幅也沒那麼好啦。就只是練習。」學姐說。

「不會，真的很棒。可以參加比賽了，一定會贏。」

「我只是模仿別人，沒有原創性，這種東西去參賽會被當成抄襲的。」學姐把椅子挪到長桌前，微笑說：「倒是你畫的，才是很不錯呢。分鏡挺有天分的嘛。」

「這種東西不就是隨便畫畫，誰都做得到。」口裡這麼說著，但明謙還是揭開自己的筆記，心裡有點得意。

畫筆掃過紙上，聲響聽來很微細，似被指尖劃過耳廓。

「要畫長篇嗎？」學姐問。

「對。」

「練習一下人物和背景吧。」
「我不知道怎樣開始。」
明謙沒說這一切都是那天迎新之後的餘波，全是臨時起意。
「門邊書架有教畫人物的參考書。最底那層，藏在一疊莫內畫冊後面——別跟其他人說，那是我用學會的錢買的。」
「但是，畢竟，得花上很多時間才能畫得像你這樣吧？」
「世上沒有不花時間就能做好的事情吧？要是不用付出就能完成好作品，不就沒有成就感了嗎？」學姐說：「美術室只要沒課，每天都會開放給學生練習，你可以來畫。」
「不是啦，不是地方的問題……」
「我每天都會來。你要跟我一起畫畫嗎？」
明謙回頭，看見學姐放下筆，畫中少女的眼睛閃爍著水亮的光澤，她剛好完成填色。一對翡翠綠色的大眼正默默凝視著明謙。

一年後，明謙時常回憶起這一天，這一幅水彩畫。

他感慨，中學一年級的時間過得未免太快。

真的。他還沒來得及把美術室書架裡的參考書逐本細閱，畫角色仍會出現骨架扭曲、不合比例的問題。可是那根本不重要——他終究沒有畫出那本冒險大長篇，連一回都沒有完成。

畫紙上的一雙綠眼似乎仍然凝望自己，但在那剔透的眼神之後，有另一段似是而非的記憶，持續縈繞：一年後，同樣的九月，他沿上下學的長樓梯放學離開時，聽到有人尖叫。他掃視人群，看見了學姐，她的白色校服染成鮮紅。一個未曾謀面的男人走近她，他把填滿牆壁的水彩畫和便利貼撕下，另一隻手裡拿著刀。學姐跌坐地上，視線和明謙相遇。他衝過去。

2

升中二的暑假，明謙只跟宏澤見過兩次面。

明謙成績不好，被踢出精英班——整天在課本塗塗畫畫，這是很自然的事情，儘管父母並不那麼認為——媽媽規定他以後每天都要上連鎖補習班，看名師的授課錄影帶；睡前又至少要溫習一小時，翌日早上先背誦十個英文生字才能吃早餐，等等。

生活如此繁瑣，令明謙沒有閒暇理解世界正以一個怎樣的速度不斷傾斜。

晚上，他攤開補習筆記，每個角落都是他的塗鴉。他想起考試前最後一次在美術室練畫那天，學姐跟他說，她整個暑假都會回學校畫畫。

「九月開始我就中六了，要專心準備考試。」她以手指轉動著零號水彩筆：「以後就沒時間再畫了，我想抓緊時間畫自己喜歡的東西。」

明謙望向她的畫。又是女孩。一年下來，他看過她用無數角度、畫過無數少女。
真想回去看看她的畫。當然最好就是遇到她本人。
翌日，明謙跟父母說回校溫書，他有一個複雜的數學理論問題必須跟老師確認。他沿長樓梯拾級而上，走向校舍，往前直望，卻見到學姐和另一個人一起蹲在地上，似乎在弄些什麼，沒有發現他。
那時，樓梯兩邊的牆壁和欄杆都貼滿了海報。明謙聽說過大埔有一條類似的隧道，命名叫連儂——他不了解原因——而炮台山不甘後人，也要搞一條連儂樓梯，就在這條通學的必經之路上。這種景色已經連綿好一陣子了，不過明謙始終沒能習慣，也不明白事情為什麼會發展到現在這模樣。
但那一切根本沒什麼大不了的。重要是，當下這一瞬間，他一看到那束得高高的直髮馬尾，立即就認出來了，是學姐。他走上前，低頭一看。地上攤著一幅水彩畫。憑那著色的筆觸，他立即明白這是學姐的作品。他的影子覆蓋到角色的臉上。

學姐抬頭，她旁邊的男孩也一同仰望。

竟然是宏澤。明謙感到晴天霹靂。

那天他在樓梯間待上好久，聽他們聊了許多事情。原來學校有高年級學生發起反修例關注組，學姐是其中一個領軍人物，宏澤後來加入，就認識了。關注組合共八個人，各司其職，有時會一伙人來修整連儂樓梯，向街坊派傳單，收集寫有打氣句子的便條貼。

「幹嘛沒聽你提過她？」宏澤問。

「我要怎麼說起？」明謙很困窘：「你又沒有問。」

他們一起把學姐的畫貼到牆上。全開大小的畫紙非常醒目。畫的是個穿著黑衣的蒙面抗爭者，她（或他，不過明謙直覺認為這應該也是一個少女）拿著雨傘，直面前方。即使一身黑色，繪者透過調度陰影和筆觸，仍然成功地把皺摺和光影呈現出來。

「畫得真好。」宏澤雙手扠腰，觀賞著成果：「你能不能從她身上學到一半啊？不對，別說一半，學到一條毛就很好了。」

「她有教我。」明謙沒有察覺自己一邊回答一邊傻笑。

宏澤瞪著他：「還教你咧。什麼關係啊？」

兩個人在樓梯上下打打鬧鬧。幾個街坊避開他們，經過牆前，駐足觀看那幅仍未乾透的畫。

後來每天都有更多事情發生。明謙的父母嫌市面情況越來越亂，改請私人家教上門授課，搞得他實在沒空聯絡任何人，包括最要好的宏澤；至於學姐，更別說了，和空間與否無關——光是打開通訊軟體看見她在線上都令他手心冒汗。

下次明謙再見到宏澤已經是八月下旬，是宏澤先傳訊息來，當天觀塘有遊行。也不是叫他一起去，不過是事後見見面，談談天。

因為怕危險，父母禁止明謙出門。他等到晚上，待風聲靜止，才假裝要去跟宏澤借參考書，保證借到了立即回家，才到車站附近的糖水舖跟他聚頭。店裡空蕩蕩，不過三、四張餐桌，仍是坐不滿人。宏澤把背包重重放在白色階磚上，哐啷作響，惹得正在備料的老闆探望一眼，明謙不知怎的，暗自捏了一把冷汗。

宏澤拿起手機看直播，一邊掐起一匙紅豆沙一邊罵，粗口橫飛。他似乎長得更高了，下巴有幾根鬍渣。

「我下次一定會留下來。」宏澤說。

明謙不懂：「留下來可以幹嘛？」

「打狗。」

明謙不喜歡聽見別人用狗來指稱警察，或任何人，但他沒有作出糾正。他朝自己的豆腐花裡加了一勺紅糖：「你才十三歲，被打就有份。」

「十三歲又怎樣？我相信那些站在前線的手足肯定有好幾個十三歲，或者十二歲。」宏澤瞥他一眼：「下星期，你跟我一起去吧。」

「吓？不行，我不行。」

「為什麼？」

宏澤直勾勾瞪著明謙，讓他害怕，他唯有勉力補充：「我媽現在聽說我週末要出門都神經兮兮的，瞞不過去。」

「你要聽話到幾時？」宏澤問：「明謙，你幫哪一邊？」

明謙不明白立場是不是真有那麼緊要。那天到底是如何回應這個問題，他不記得了。

一週後，八月最後一天，明謙把自己關在房間裡寫暑期作業，決定絕對不要被任何人事打擾。他還差中文科的幾張工作紙就完成了，但正好也是煩人的部分，比方說桌上正擱著的讀書報告表格，學校要求至少要讀十五本書以上，每本寫幾行感想。他從書架拿出塵封的兒童名著選集，苦思著寫了一些。

填完了，差不多手也酸了，他起身想去打開冰箱給自己倒杯水，經過客廳時，見父母沉默地坐著餐桌旁。爸爸托著腮，手支在桌上，似在沉思——最近很多人臉上都是這種表情，沉鬱、冷漠、左思右想；媽媽望明謙一眼，牽起嘴角微笑，拍拍他的背，要他早點睡，準備開學日，不許遲到，上課要認真聽講……語調如此熟悉，讓明謙霎時安心不少。

明謙拎著陶瓷水杯退回臥室，把為了專心寫功課而關掉的手機重新啟動。沒多久，機器瘋狂震動，全是宏澤的訊息。宏澤的憤怒通過對話框傾瀉而來，幾乎要他窒息。他匆匆垂下手，等螢幕自然轉暗。

新學年明謙換了新書包，名牌印花帆布背囊，他想跟宏澤炫耀，卻沒有機會，因為他們不再一起上學了。宏澤發毒誓說以後都不搭地鐵——三隻手指朝向天的那一種，明謙只在電視劇集見過，一直以為是編造出來的東西。

學校看似毫無變化，讀相同的學科，收發一式一樣的通告，但氣氛悄然改變形狀。同學間有一邊罵對方沒良心，另一邊則確信對方被利用，明謙看著他們分割成彼此不相接的兩端，像紅海一樣分割；當然總有一些人不被分類，留在中間，像他自己。

開學頭幾天，有同學組織聲援活動，聯同隔壁男校的學生一起手牽手組成人鏈，隊伍由山頂延綿到山腳，由坡道直至樓梯口。明謙剛出電梯，就見到學姐身在其中，兩人打個照面，學姐戴上口罩，眼神卻瞇成月牙。明謙低頭無言走過。他怕下次會是跟宏澤對望。

但避得了一時避不了一世，這一年他倆仍然分到同一班。

宏澤仍然維持著他的飯友小團體，他繼續是領頭人，若他要向東，沒人會往西。但他沒有再叫上明謙。明謙看著他們穿過走廊，抬頭挺胸。有時他們會圍在一起低聲討論些什麼，一旦旁人經過便立刻噤聲，眼睛瞪著別人，不容許靠近。誰都看得出來這些男孩懷中揣著祕密——也許他們就是要別人知道他們擁有祕密。

「放學後要不要來我家看漫畫？」小憩時，明謙坐在宏澤的座位前，問。

「不要，沒空。」

「哦，週一對不對，有足球隊的練習。我都忘了。」

「有別的事要忙。」宏澤刻意不看他。

「搞什麼祕密嘛，快說啊——」

明謙乾笑，但宏澤衝他投以一個敵意的眼神，他便閉上嘴。

良久，宏澤才悶悶地說：「我要買裝備。山腳有間五金舖，什麼都肯賣。」

明謙撥弄著襯衫的鈕扣，輕聲問：「那你不去踢足球了嗎？」

「都什麼時候了，怎樣踢足球？」

但明謙想的是，如果宏澤不踢球，自己還能怎樣拿他當主角畫漫畫？

午飯時間，明謙獨自帶著便當來到美術室（媽媽得知他中一那年整天吃麵包，氣極了，此後每朝準備飯菜），沒想到學姐竟然在。明謙在門邊探頭觀看，準備突然出現，嚇她一跳，卻見到學姐在水彩畫紙上用鉛筆打的草稿——又是一幅抗爭漫畫。他退開，直覺想轉身。

「幹嘛不進來？」學姐頭也不抬，問。

明謙來到她身邊，坐在隔壁桌，打開便當。教室裡只有筆尖掃過畫紙的聲音，和他自己的咀嚼聲。他開始適應沉默，直到學姐開口：

「來幫我看看草稿畫得怎樣。明謙？」

他放下筷子，不起身也不轉頭，說：「很棒。」

「你根本沒看。」

「我不想看。」

話一出口他就後悔。除了便當，明謙什麼都沒有帶來，他的畫簿和鉛筆甚至仍然放在臥室的抽屜；他以為學姐不會來，這裡只會有他一個人——不是說來年就不畫了嗎？到底尚有什麼是說好了的呢？明謙感到很受傷。

學姐放下筆，坐在他身邊。

窗外的陽光慢慢傾斜，時間經過，而他們只是並肩而坐，彷彿光是這樣就能夠讓世界不再轉動，沒有任何事情會發生。

直到上課鐘聲響起，明謙終於確定，他有來——她有來——真的太好了。

放學後，明謙經過連儂樓梯時，停在學姐的畫前，他有份貼上的那幅。那時他只是想幫忙，幫學姐的忙，幫宏澤的忙，而不是出於任何立場。

牆前有人來來去去，一些人停下來寫便利貼，也有人跟正在整理牆面的學生閒聊，互相打氣或是討論運動的走向，很多內容明謙都是有聽沒有懂。他看到學姐在物資站拿著一包保鮮紙在揮舞，身邊圍著幾個高年級的學長姐，有說有笑。

學姐見到他，揮手打招呼。

他們談天，說一些沒營養的話，學姐給了他一張便利貼，和一支藍色的馬克筆。

他走近牆邊，看看大家寫下的字句，有許多諸如「光復」、「革命」、「死全家」等等的字眼，讓他思索了很久。最後，很保守地，他抄襲了最接近自己的一張便條貼上的「加油」兩個字，寫在紙上，沒有主語。

他望著學姐的背影，依依不捨。他希望有機會能夠更加貼近她。為了達到這個目的，他考慮是否要加入學長姐的陣營，畢竟他們看起來那樣歡快，那氣氛使他想起去年的校慶開放日，不同學會或學社花好幾個星期製作攤位布置，只為了跟陌生人介紹自己……明謙覺得這個聯想太便宜，好像貶抑了運動，但在乏善可陳的生命經驗當中，他只想得出來這樣的類比。

明謙轉身專心地沿著階梯一級一級地走。斜陽映照出他自己的身影，因為刺眼，他沒有抬頭。

所以，他並不知道大約在三分鐘後，將會有一個男人，無聲無息地走近物資站。學姐把紙筆遞給他時，他拿出利刃，在她的右手留下深刻的刀痕，然後刺入她的腹部。有人說她像一條爆開的水管，噴出了血；也有人說她馬上陷入昏迷；另外亦一度謠傳說她等不及救護車就死了，氣斷得乾脆俐落，不過這個講法很快遭到許多人的駁斥。

當明謙聽說這一切時，已經是流言滿天飛的階段，霎時間也無法查證什麼是真的，什麼是假的。事後他只能動用想像力，在腦海中模擬夕陽下的樓梯、學姐、途人、滿牆的圖畫和一個滿懷惡意的男子，然後添加更多可能性，比方說，如果他在場，他就會衝近，伸手阻止一場襲擊。

無論劇情如何發展，在明謙的小腦袋裡，所有影像都是模糊不清的。那些發生在現實生活的暴力對他來說太過遙遠，實在是很難從中拓展出一個具有真實感的場景。

3

下次明謙再來美術室時，遇到視藝學會的指導老師。老師在教師桌前啜飲咖啡，果香瀰漫滿室。他對明謙招手：「你也是來寫留言簿的吧？」

沒等到回答，老師已把擱在桌上的畫冊推給他，略過許多五顏六色的祝福語句，打開中間全新的一頁，純白色。冊子旁邊放著幾種馬克筆，被老師一併推送到明謙眼前。明謙站著，看著冊子，動也不動。

老師說：「要是想不到內容，就寫寫以前跟會長的回憶吧。學會活動之類。」

「她今年不是會長了。」明謙打斷他。

「哎。幹事已經換人了。我還是改不過來。」

明謙從褲袋裡取出藍色的馬克筆，開始寫字。和寫便條貼時一樣，他的字既小又密集。寫滿一整頁後，他想要翻面，但馬上呆然，不知道能夠——或應該——再寫些什麼。最後，他選擇擱筆，合上冊子。

他斜眼盯著漸漸冷卻、不再升起煙霧的杯口，喃喃自語一般說：「儲物房裡面真的有咖啡機和沙發嗎？」

老師聽見了，起身拉開儲物房的門。這是明謙第一次望清楚房間全貌。確實如傳聞中說的，咖啡機就放在門邊的五斗櫃上，櫃底凌亂地收納了幾對男裝皮鞋。單人沙發在房間正中央，皮質座面軟爛而塌陷，椅背堆放著兩件冬季大衣。然而攫住明謙視線的是夾在沙發和牆壁之間的幾張水彩畫。

老師沿明謙的視線望去，主動取出畫紙：「這些畫都是大幅的，她怕放在美術室會被其他學生弄髒，叫我幫忙收起來。你看，這幾個月的都有。」

明謙湊近，一年以來他見證學姐畫過的無數張水彩畫鋪展在眼前。他看著彼此初次相遇時的那張少女特寫，翠綠的雙眼如今仍然凝視自己，使他不敢直視。老師逐一翻閱手中的畫紙，最後停在學姐剛完成打稿的那張抗爭漫畫。還沒有上色。

「我真想知道她未來能夠畫成怎樣。」老師說。

「這是什麼意思？」

老師放下咖啡杯：「實在太可惜了。」

對話懸在半空，不過明謙再也不想聽下去了，他逃亡一樣離去，老師還想挽留，但已找不著男孩的身影。藍色馬克筆遺落在桌上。老師把筆排開，收起留言簿，有一剎那他想過打開，想知道男孩寫了什麼；但轉念又想，算了吧。他覺得自己有義務為學生保留一點隱私。

夜晚快十點了，明謙一個人走向足球場。

事發以來，宏澤給他發了無數短訊，他只回覆了最後一封。兩個人約好要見面。父母不得不同意，雖然他們對於青春期的兒子在動亂時期的晚上外出這件事憂心不已，但朋友嘛，總是得見面的——他們也認識宏澤，這兩個孩子是那麼多年以來的朋友了。

宏澤住在觀塘的舊式屋邨，樓層低矮，裝潢老舊，總是謠傳著哪天就要清拆，但許多年過去，建築仍在，宏澤也依然住在老家，和他的父親一起。明謙按照兒時的印象——升上中學後，他就沒來過——來到屋邨唯一的足球場，想找宏澤。和記憶裡一樣，球場日久失修，地面上的白線九成都掉了漆，兩邊沒有球網，空有龍門框。宏澤在場中央，獨個兒踢著球。場邊僅有的兩柱射燈勾勒出他的影子。

見到明謙，他把球傳過去，黑影跟著挪動。

「我今晚就要扔掉這顆球。」宏澤說。

「為什麼？」

「在你自閉的這幾天，劉仔也出事了。」

「誰？」

明謙伸腳一踢，球歪歪斜斜地向場內滾去。

宏澤挑起球，讓足球在雙腿間穿梭，一時在腳尖，一時來到膝上，不忘一邊罵明謙：

「你這個混帳，劉仔耶，中一剛開學時就每天跟我們一起吃飯、整天跟我搶炸豬排的胖子啊。喂，不要因為今年不同班就把人忘記了啊——是不是心裡只記著些女孩子的事情？真是個混帳。」

宏澤乾笑，聲音苦澀。

明謙不知道怎麼回應他。他在宏澤身邊坐下，望著殘破的地面。

「三日前我跟劉仔去堵路，我們帶了煙霧餅，我的丟光了，他的還沒有。所以他被逮捕時，身上被搜出了武器。開庭那天他在醫院裡沒有來。」

明謙望著宏澤在球場上延伸的影子，赫然發現原來他已經這麼高大了。他覺得很有可能——比方說，在街頭，當所有人都穿著黑色衣裳，蒙上面貌的時候——他很有可能會沒辦法認出他來。

「可是——你應該沒在看新聞吧，你父母就是控制狂——你可能知道把她斬傷的瘋子上星期已經被捕了，可是你知道他馬上就保釋出來了嗎？沒有付多少錢。」

宏澤俯身，任皮球跌落地上，他望進明謙的眼裡，像暑假時曾經對他質問起立場的問題，只是這次更加不容迴避：

「我想要報仇，明謙，你不想要報仇嗎？」

明謙張開嘴，然後失笑。

宏澤沒管他：「我已經把地點都調查清楚了，那傢伙住在哪裡，在哪裡有一家店，我什麼都知道。」

「哈，然後呢？」

「殺了他。」

明謙吃吃笑了幾聲，但很快就止住了。

宏澤把心底的盤算傾吐給明謙，講得太快了，逐漸喘起氣來，像一個落水的人著急想要抓住救生圈一樣。直到終於說盡，圍繞身邊的只剩下宏澤的喘息聲了，明謙看著他，二人四目對望。

這時球場兩邊的射燈全部熄滅。夜深了，朦朧中，宏澤站直身子，抬腳射門。球撞上門框，反彈到黑暗的邊緣。

黑衣，手套，面罩，鴨舌帽，都準備好了。都是宏澤張羅的。

他們約定下星期六一起去炮台山。明謙騙父母說學校有補課，宏澤跟他都要出席。當天宏澤特地到他家裡吃午飯，兩人一道出發。明謙媽很久沒見到宏澤，看他長高不少，一副成熟大男孩的模樣，認為值得信賴，叮嚀他千萬要照顧明謙，別湊近動亂現場。似乎在她的世界裡，這些男孩們沒有一個會偏離她理想中的軌道。

兩人共同分享了一張電子地圖，裡頭標明了路徑：男人住在北角的私人屋苑，在炮台山經營一間老式夾糖舖，就在坡道以下，藏在內街一堆舊樓之中。他們在正午時分出發，像每一個尋常少年一樣，背起書包在商場、公園、快餐店打發時間直至黃昏，最後待天邊消失最後一線陽光的時候，動身。遠方聽聞已經響起了槍聲。

假如在沒有任何前設的情況之下，宏澤想去男人的家放火。但考慮到私人屋苑保安嚴密，不得不放棄。

「放火什麼的還是算吧。」明謙說：「會波及無辜。」

宏澤咧嘴輕蔑地笑。

兩個人穿著校服走在路上，向坡道前進。來到轉角處，宏澤舉手示意明謙停步，然後指了指對面公園的男廁。

明謙換上黑衣，戴起面罩。他在鏡子前望著自己的倒映，感到陌生。這時宏澤從廁格走出來，伸手指向明謙的風衣口袋：

「等一下我們進去，捅他，馬上就走。」

袋裡有摺疊刀。

「他在嗎？」明謙問。

「我有踩過線，營業時間是十二點到八點。」

走出公廁後，明謙卻感覺赤裸。即使自己的面貌應當是模糊的，他卻感到所有視線都被凝在身上，他告訴自己不能害怕，主動迎上他人的目光，才發現路上根本沒有任何人。於是加緊腳步跟上宏澤，卻不小心撞到他的肩頭。

宏澤停住，明謙定睛一看，店裡昏暗無光，玻璃門上貼著告示：

「東主有喜，休息一天」

鏘一聲。

宏澤舉起雨傘砸向玻璃門。玻璃毫無損傷，因此他從背包裡拿出尖尾鎚，一下一下敲在門上。蛛網一般的裂痕在眼前擴散。明謙無法自控地退後。宏澤怒罵，如野獸咆哮，他圍繞店面，將觸目所及的每一塊玻璃逐一打碎，撬開，手法純熟。沒多久每一扇曾經光鮮亮麗的櫥窗都化成碎屑，散落在行人道和店裡的磁磚地板上。

他把鐵鎚遞給明謙。明謙霎時無法反應，但宏澤一再催促，他唯有接過。鎚子比想像中沉重。

宏澤闖入店裡肆意破壞，推倒收銀機，搖動裝有糖果的透明貨架，但沒有一個倒下。他伸手進去，把軟糖通通挖出來，一地五顏六色。

然而明謙卻毫無辦法，空舉著鐵鎚。

「你還在發呆幹嘛？」宏澤大叫：「不想幫忙就滾！」

明謙慌忙中朝著盛滿糖果的透明收納櫃用力打。櫃門凹陷下去，他的心臟彷彿漏了一拍，近乎鬆手；但什麼也沒有發生。他繼續重覆動作，將櫃子逐一打爛，地上慢慢鋪滿軟糖，混和了玻璃碎，室內充滿甜膩氣味。

當破壞通通成為慣性後，明謙的心跳終於平服。

告一段落了，宏澤環視四周，糖果店裡再沒有什麼是完整的，一切七零八落。

「屌你老母。」宏澤瞥了店內最後一眼，沉著聲線說。

他們轉身離去。天非常的黑。

幾個街坊聚集在公園的白千層底下看著他們，誰都沒有作聲。明謙瞇起眼睛仍看不清楚人群的面貌，而他——居然，他訝異——不驚慌。

但是在更遠的地方有躁動的跡象，傳來皮靴重踏柏油路面的聲響。

「仆街，有狗！」

宏澤回身拔腿就跑；明謙慢半拍，立刻跟上，但很快他竟然跑在了宏澤的前面。他們用盡力氣狂奔，像是把內臟擠壓、嘔吐出來似地奔跑，逃循至沒有光的地方。沒人膽敢回頭，直到明謙被小巷裡的垃圾膠袋絆倒，腳踝一扭，跌倒地上，水窪濺起黑水，潑上他的臉。後到的宏澤差點被他絆倒。

到底喘了多久，明謙沒有數算。沒有人跟來。

宏澤在巷弄裡踱步。

「這樣不夠啊。」他念念有詞，聲線壓低：「沒有殺到人。下次再堵他，不能在店裡，他會防備。這樣不夠啊。」

明謙對上宏澤唯一裸露在外的雙眼，確實如他曾經疑惑的，他根本無法辨認蒙面的宏澤。

這時延遲的恐懼終告襲來。明謙可以感知到來自手臂、腳踝、指尖的疼痛，那是玻璃的割傷。

腦袋頭皮發麻。

有很多話想說，可是明謙首先脫口而出的是：「為什麼會變成這樣的？」

宏澤的眼神充滿不屑：「你不是也有份的嗎？」

「為什麼我們會這樣做？」

「你也去問問他們，為什麼他們會那樣做？」

宏澤從褲袋裡掏出香煙，點火。他何時開始學會抽煙呢？明謙說不出來。

所有腳步聲都令明謙以為有人要追捕自己。但沒有向任何人傾訴，他把那個夜晚收藏起來，掩埋在心靈深處。

宏澤教他，在運動的術語當中，這種把對家的店面「打理打理」一番的行為叫做「裝修」。還不收錢呢，簡直充滿善意，宏澤笑說。他如常行動，時常缺席課堂，明謙不清楚也不再想搞清楚他會身在何處。

然而當記憶翻弄——總是經常發生——明謙會循環想起宏澤在窄巷中來回的腳步聲，以及他悔恨的語調。

這樣不夠啊。

幾天後踏入十月，天氣轉涼，明謙收拾秋裝，他穿起風衣，手探入口袋，觸摸到金屬的沁涼質感。他把東西拿出來，推出利刃，三吋長的刀面反映他的臉。小眼睛，粗眉，幾顆青春痘，絲毫不吸引。

他照常上課，偶爾轉堂經過隔壁班房時，透過走廊的氣窗往內望，確認空位日復一日地增多。

放學後，他沿坡道離去，轉入內街，循記憶中的路線前行。日跟夜的景觀是不一樣的，如同一張被反覆塗抹繪製的油畫，明謙因而差點誤會自己走錯了路，來到一間不曾抵達過的夾糖舖前。

店子的櫥窗圍上了木板，只有大門敞開，玻璃門面貼上膠紙。

收銀台後有人。

這是明謙第一次親眼看見這個男人——之前，他只在報紙上見過，如今終於能夠確認，他和宏澤沒有砸錯別人的店。

男人唇上留著小鬍子，頭頂半禿，眼皮下塌，獨自一人在顧店，一邊盯著手機，嘴邊輕輕微笑。地板上沒有任何玻璃碎片或者扁掉的軟糖，糖果都被分類成不同品項，在店鋪一隅的長桌上整齊排列，大概是用來取代收納櫃的臨時措施。

男人輕瞥明謙一眼又低頭，臉龐上映照出各色光影。靜悄悄地，明謙走到男人面前，兩人只隔一張櫃枱。

「要買哪種糖？可以自己夾。」男人問，沒抬頭。

明謙不答話，手插在口袋。他注意著男人的手機，聽音樂判斷是在播放影片；久了，能辨別出嬰兒的笑聲。男人的手指滑過螢幕，不斷重播。

「這是我孫女。上個月我上了深圳一趟，出席她的彌月宴。」男人自顧自解釋：「原本我們預訂了香港這邊的酒樓，結果暴徒都在亂，沒人敢來。所以我就一個人上去囉，轉車轉死人。」

「恭喜。」明謙說。

「噯，謝謝。」男人隨手在收銀機旁拿了一顆硬糖，推給明謙：「多來啊，最近生意差，還被搗亂成這樣子。」

明謙想像過一千種方法置他死地，但現在，站在對方面對，他的右手在口袋裡按住刀柄，但沒有挪移。他環顧殘破的店面，試圖將當日和眼下的兩間夾糖鋪連結起來，卻幾近失敗。拿著鐵鎚打破玻璃的那些瞬間像一次白日夢裡的幻想，就像他曾經想像過無數的英雄救美情節一樣，等同虛構，和他沒有半點關係。

他凝神再次瀏覽回憶，感到所有畫面都只不過是一種電影場景罷了。

要是如此就太好了。他真的希望，根本所有事情都未曾發生。

他走出店鋪。孩童的笑聲漸遠。陽光使他眩目。他十三歲，已經很清楚沒有什麼是可以重來。

時間之外

午後拉起鐵閘，一進倉庫，貓已經不在了。

莉莉說得確鑿，使水哥不得不信服。於是，今日開舖第一件事，就是兩人在店裡天翻地覆，只為了找貓。

莉莉剛入職滿兩個月，是來代替冬仔上班的新人，還在適應店舖的運作模式、午膳時長和填寫入貨單的規矩——一個不太靈光的中學畢業生，水哥看著她總是聯想到初來乍到的冬仔——但她永遠能夠把貓咪的動向記得一清二楚。倒不是因為愛貓，而是相反，童年時被貓抓過，以後就有了陰影。她每天上班第一件事就是找貓，得確定牠在哪裡才敢開工。所以，莉莉是第一個發現貓不見了的人。

「裡面四號架子頂層的紙箱看過了沒有？」水哥一邊留心有沒有客人上門，一邊往倉庫裡頭瞄兩眼，問：「冬仔會把他自掏腰包買來的貓糧存放在那邊，公主很聰明，嗅出來了，喜歡往那邊鑽。」

倉庫裡傳來翻箱倒屜的聲音。末了，莉莉說沒有。

水哥沿狹窄短小的走廊回到收銀台，往街外望，冷冷清清。他托著腮，盯著玻璃門的倒影，撥弄用髮膠抓過的髮梢，黑髮像針剛硬，令人討厭的髮質；再摸摸下巴，初生著一天未有打理的鬍渣，刺刺的。三十歲了，時間不等人。

收銀台後面的牆壁坑坑窪窪，留下許多膠水塗抹的痕跡，也有沒撕乾淨的海報角落，五顏六色的被遺漏在米白牆面上；較高的位置掛著一個白色網架，以鈎子逐一勾起幾隻米奇老鼠、角落生物、卡娜赫拉兔兔。往店舖裡面望，絨毛公仔幾乎霸佔所有空間，門口斜對角的角落放著一隻等身大的鬆弛熊，其餘貨品還有原子筆、水壺、花束、鏡子、束口袋、毛巾……幾近包羅萬有，並以卡通角色為分類，一個系列佔領一個架子，店內四排木架上下塞滿了玩具。貨品本身充滿童趣的歡樂氣氛，和店鋪殘破而缺乏裝潢的格局略嫌不配搭。

莉莉啪躂啪躂地拖著腳步回來，倚著玻璃門，盯著街道，半邊身體突出店門外。

「不冷嗎？」水哥問。

「就想看看路人走來走去。」

「哪有人？平日沒有人逛街的。」

他們一起看著櫥窗外。這時候如果貓還在，會慵懶地散步，把店鋪當成是自己的遊樂場。

大半年前貓咪剛來到，由冬仔給牠起名字，叫公主。公主是隻虎斑貓，毛色一撮棕、一撮金，琥珀色雙眼；聽說是老闆養的家貓跟外面的野貓廝混，生了一窩雜種，送的送、賣的賣，最後剩下一隻，老闆盤算著不如帶到店裡養，權當貓店長，聽說有貓就有人，日後打出名堂搞不好還有什麼報社出版社來取材，替牠拍寫真。為了這個目的，老闆常替公主打扮，給牠穿衣服、戴項圈，花枝招展，拍照發在店舖專頁上。不過沒多久老闆的三分鐘熱度消磨盡了，不再管貓，冬仔替牠把衣服脫下，只留項圈，紅色的，有櫻花圖案。

說來，已經很久沒有見過老闆。

「莉莉，你要是有空不如去趕起那堆畢業公仔，這個月七百張單，現在弄好了多少？」

「昨天臨走前縫好一堆啦，手忙腳亂的。那些公仔多到可以浸死人。」莉莉嬌聲嗲氣，她伸出手，讓水哥看塗了彩繪的指甲，以及貼上膠布的指腹：「你看，弄傷了，要休息。」

水哥白她一眼：「下午飯後回來，開始再縫。」

「你就給我喘口氣嘛——」

「畢業季，沒法子，月尾請你喝對面的奶蓋好不好？」

莉莉聽了，對他眨眨眼。

公仔店主打兩種業務，一賣玩具精品雜貨，二接單縫製畢業公仔，客人帶心愛的毛公仔來，店員替它們穿上黑色學袍，用黃線在衣襬縫上名字、學院和年份，頭戴四方帽，漂漂亮亮完成。水哥從頭到尾沒學會，因為相貌堂堂、伶牙利齒的他專門負責待客，有時哄得姨媽姑姐高興了，偶爾還願意多買幾款便利貼或是磁性書籤回去給孩子。

以前縫公仔的都是冬仔。水哥記得冬仔縫學袍的時候，常彎著腰，不動聲色，仔仔細細地把絲線栓上針頭，時而瞇起一邊眼睛，像個真正的裁縫。一切都發生在倉庫裡，門扉右手邊，縫紉機就在那兒，白色一台，裝置在木桌上；機器左邊堆滿公仔，右邊放學袍，像墨黑的海。這時公主會跳上他的背脊，弓起腰身回望，冬仔便更加不敢動，生怕有個差池，會害公主摔下來。

「沒事，貓有九條命，你沒聽過？」水哥笑著問他，拿起手機給他拍照。

冬仔莞然，沒有回答。

哎呀。水哥心想，這下子冬仔不見了、老闆不見了、客人不見了，連貓都走了。

「我說，水哥，貓咪怎麼辦？」莉莉問，勾他回現實。

「什麼怎麼辦？」

「不用跟老闆說一聲？」

水哥轉身用食指摳著牆壁上的殘膠：「對老闆來說公主走了是件好事，省得他遠走英國還要操心。」

「還有冬仔。」

「哦，他呀……他現在那個樣子，哪裡管得上貓？」

不過水哥這樣說著的時候，回憶中浮現的是昨天晚上，冬仔冒著微雨，穿著一件黃綠混搭配色的風衣，走來。衣服太大件，使他看起來比平時更矮小瘦削。店裡沒有其他人，正要打烊，鐵閘下放到一半，水哥拿掃帚清理地上——這個地方總是一地貓毛，以及為了給客人試玩精品而臨時拆下的包裝紙——此時有人用力按著鐵閘，水哥轉身，發覺是冬仔。

好久沒見面，冬仔剪了髮，接近平頭，跟以前那個留厚重瀏海、陰陰沉沉的四眼仔差天共地，剎那間幾乎認不出人。眼鏡也換了，以前是金屬圓框，現在是黑色塑膠四方形，像個初中生。

「貓奴。」水哥笑他：「不捨得公主？我猜你也差不多該來了。」

「嗯。」冬仔露出笑臉。

冬仔在門口的暗紅色地毯擦乾淨皮鞋鞋底，彎腰進來，側身避開門邊堆積著的一疊紙皮箱，動作嫻熟得像回到自己家裡一樣。他很清楚這裡的每一個角落，直到個半月前，這細小的店面全是他的氣息。

「公主已經鎖在貓籠裡面了。」水哥下巴頂著掃帚柄，看著冬仔。
「沒有抓你？」
「沒有哎。自從你走了之後，牠似乎變乖了，是你平常太寵牠的緣故吧？那時真是比狗還兇。公主，好名字。根本公主病。」
冬仔跟著笑，一邊卸下背包。他穿著白襯衫、黑長褲，打領帶。穿得有夠斯文，跟風衣不相襯，水哥思索著，但沒說出口。
「想回來上班了？一堆公仔等著你縫呢。」
「沒時間了。」
「就當作最後一次幫個忙，我跟老闆說情，給你開一個比莉莉高上許多的人工。你是熟手技工，老闆也很喜歡你，一定沒話說。」
「他哪裡喜歡我？」冬仔苦笑，眉心深鎖。「那時候有一陣他好久沒來，終於出現了，一開口就是移民、解僱、賣舖頭，貓要送養，我跟他吵翻天。」

冬仔走到鬆弛熊身邊坐下，抱著它的手臂上下舞動。熊仔毛茸茸的，柔軟得很。這一隻是不賣的，當作店家的招牌，孩子們最愛往它身上靠。根據老闆的見解，把孩子留住，等於把父母——換句話說，就是金主——也留下了。

水哥覺得冬仔也只是個孩子而已。他才十八歲，太多東西還是不明不白。他說：「老闆也是沒辦法，現在誰不想輕輕鬆鬆、拍拍屁股就移民？剩下來店面和貓咪都是負累。」

「我吧。」冬仔話畢，沉默一陣，突然硬生生擠出幾下笑聲，說：「不過我是走不了。」

水哥不想讓話題往自憐自傷的方向靠攏，於是擱下掃帚，對冬仔招手，兩人走向倉庫。推開門，無光，只揚起了一陣瓦楞紙皮的臭味。水哥在牆壁摸索到電燈開關，按下，一聲喵叫。他沒看，但想必冬仔臉上的神色放鬆了不少，至少他這麼希望。

冬仔走進倉庫角落，貓籠在那邊，粉紅色，塑膠製，半個人那麼高，分兩層，上層放床，下層放貓糧。公主挺直身體，在籠子邊緣看冬仔，好像一對失散多年的母子。為什麼是母子呢？水哥心想這比喻真奇怪，但是見到冬仔蹲下來，輕手輕腳生怕打擾對方似的靈活著手指，打開貓籠，他想，這種貼心不正正是一個母親對孩子的態度嘛。

「嘩。」冬仔驚叫。

水哥靠近，原來公主又抓傷他，一撇紅色從冬仔的手背冒起，漸見加深，血珠滲出。

「不是說牠學乖了？」冬仔回望，哭笑不得。

「呃，也許是你太好欺負了吧？」

水哥抽出手機給他們拍照，順便確認時間。已經很晚了。平常這個鐘數他已經回到家——自己一個人住的劏房，距離鋪頭頂多十五分鐘——再躺在單人床上玩轉珠手遊。

冬仔似乎沒有想要動身，他抱著公主，摟在懷內。

「好啦，又不是永別，以後想見牠，總是有機會的。」水哥說：「指望牠到時仍然記得你的氣味吧。」

「你先走吧，我有鑰匙。」

「我知道。」

「還是說要交還了？」

「沒關係……不用的。」

老闆忙著申請移民，放下店頭所有事務給水哥打理，因此冬仔的事——從辭職信到最後一份薪水——都由他發落。他遲遲沒收回冬仔的門匙，希望有個空間留給他，想的時候，就來吸貓。這是他想像得到的，這怯懦的自己唯一可以做到的溫柔。

冬仔遲遲沒有作聲。水哥拍拍他的肩頭，才聽見冬仔說：

「謝謝你。」

「幹嘛這麼見外？」

水哥輕笑，然後轉身，出門時，把電燈逐一熄滅，只留下倉庫和走廊的兩盞，昏黃燈光迄自亮著，自鐵閘邊緣溢出，滲入行人道。

臨近黃昏，莉莉和水哥趁最後一輪下午茶的空檔輪流外出用膳。其實不過是去買飯盒，外帶回倉庫，以縫紉台充當餐桌，完成簡陋的一餐而已。疫情下的二〇二一年，日子多數如此：堂食被封禁、在路上不得超過四人同行、想要摘下口罩抽煙還得提防四方耳目。但是他們都會逐漸習慣的。一開始店裡四個人都主張不打針，後來，老闆暗地裡打滿三劑不知道哪國來的疫苗，起初不聲張，被發現了電子針卡才和盤托出；莉莉嫌不能堂食太麻煩、選擇少、約不上朋友，終究去了一趟接種中心；剩水哥一人苟延殘喘。

那麼，冬仔呢？

水哥想了想，猜測他還是打了吧。

到底是不是冬仔偷走了貓？可惜老闆精打細算出了名，能省就省，從來沒有在店裡設置閉路電視。不然重看攝錄畫面，真相一目了然。

上兩個月吧，那時冬仔還未正式離職，某個晚上，老闆回來——當時沒記錯，也是接近閉店的時刻了，街外下著綿密細雨，是那種走在路上似乎不太明確，看不清楚，久了才會發現肩膊盡是濕透的雨勢。老闆的淺藍襯衫遭打濕了兩肩，布料呈現出深淺不一的兩種藍色。他對水哥打個眼色，朝倉庫一撇頭，一滴水珠趁勢落到地上。冬仔在裡面，正低下頭操作縫紉機，針線咔嚏作響，布料一直往前推，公主在他背上張望，伸長了尾巴。

水哥去喚他。貓回到籠子裡。

最終店鋪的命運從那天被定了下來。

不過，說到吵架，水哥回想，其實沒有像冬仔說的那種「吵翻天」。單純是少年頭一次在店裡發如此大脾氣，嚇著了老闆，最終不歡而散。

鋪頭還是得營運下去，直到老闆正式移民，或者租約完結。

有一天，冬仔往店門外張貼好簡單的招聘海報，跟水哥有一搭沒一搭地聊，水哥笑說，這真是，如廣東話常說的，被老闆「一腳撬起」。

「還是有可能維持現狀的吧？」冬仔帶點呆然，長長的瀏海落在眉宇間。

「比方說，像他最後說的那樣……找到東家接手這個鋪頭。」

「你看這景氣，像是會有人接手嗎？」

冬仔答不上話。

後來冬仔時常請假，水哥一個人顧店。人流始終少，偶爾有零星幾個客人路過，大多是家長，會進來轉一圈，還來不及聽水哥上前介紹貨品，很快訕訕然走了。

唯獨一次，有個女孩在店裡面徘徊好久，心不在焉；人很年輕，穿著一件連帽衛衣，正面印上一個潮牌標誌，很是招搖。水哥認定年輕客人沒消費力，又難討好，通常寧願省下搭理的力氣，但這女孩子未免逗留太久，一個三百呎店面逛半個鐘頭，又不曾見她拿起個精品斟酌斟酌過。

他迎上去：「小姐要找些什麼嗎？說個名字，搞不好我都知道。」

女孩戒慎地轉頭。她畫了眼線，又塗睫毛液，唇膏是深紅色，太濃的妝容配搭太青春的臉，未免太彆扭，使水哥不禁勾起了嘴角。女孩以為是善意的微笑，放了心，指指門外的招聘廣告。她就是莉莉。

請人總得面試，由水哥負責。時間下午兩三點，近乎沒客人，兩人在收銀台前直接開始。簡單交代薪酬、工時和待遇，莉莉都無異議。但面試到最後，莉莉突兀地揚一揚下巴，示意收銀台後的牆壁：

「為什麼牆上那樣髒髒的？」

「那是……」水哥頓了一下，反問：「忘了問你一個問題：為什麼想來這裡工作？我們店鋪有什麼特別的？」

「因為公仔很可愛啊，而且我住長沙灣，走路過來，很快的。」

「沒有了？」

「沒有了。」

莉莉望一眼牆壁又轉向水哥，等待答案。

他有點怯，思緒流轉，最後決定繞個圈子：「以前貼了一些海報吧。去年老闆不要了，通通取下。決定得有些趕急，所以沒有清理乾淨。」

莉莉似懂非懂地點點頭。接著，突然眉角一挑，高聲問：

「是抗爭口號嗎？」

水哥噓口氣，微微笑，點頭。他默默在心底記下兩筆：一是佩服女孩的觀察力，這回也許來了一個細心的新人；二是得提醒老闆，有空就要好好整理這面牆，不要把過去那些支持運動的痕跡——他們，曾是那麼一間堅定不移，支援抗爭的「黃店」——給洩漏出來，替店子徒添麻煩。

「哦……是。」她點點頭：「現在很多店家都不再張貼文宣了，很可惜。明明很多都設計得很漂亮，意思明確。」

「老闆的決定，沒辦法。」

他想趕緊帶過，可是莉莉沒為意，就著文宣、黃店之類的話題發起議論。水哥的視線從她的臉緩緩轉向她的及肩長髮，以至背後，目光渙散，如在眼睛敷一層濾鏡，鏡中景象悉數暈開。兩年前——確切來說是兩年三個月，他持續數算——自己也曾和某些誰一起談論時局，就在一架即將起飛的客機，剛剛結束航空安全的模擬示範，他們坐下，扣起安全帶——那時興奮極，策劃了行動，寫聲嘶力竭的文章，發布在社交媒體——回到香港後，他拖曳著行李篋，上司叫了他的名字——Walter，請你過來一下——

他眨眨眼。莉莉用戴著淺棕色大眼仔的兩隻眼睛直勾勾望他。

送走人了，他才想起，竟然忘記問貓的事：你會不會對貓過敏？

莉莉來上班，冬仔終於放寬了心，水哥嘲笑他這叫後繼有人，找到嫡傳弟子傳承縫紉大業。但是女孩做事粗心，試過搞錯兩個客人、兩間學校的披肩顏色，被發現了還辯駁：「都一樣是工學院嘛！」水哥啞然失笑，確認觀察力其實跟細心與否根本沒有關係。

冬仔臨走前，千叮萬囑要水哥盯緊她，別把生意搞砸了。

「賺到錢，也沒你的份，真不明白那麼操心幹什麼？」莉莉拿著一杯生啤，說完，通通灌進喉嚨。

「這是責任感。」冬仔說：「所以我跟你真是，怎麼說，不同的。」

「對嘛。我十八歲，你也十八歲，就你一個人是老古板。水哥還比你開明哩，起碼他不會罵我返工玩手機、喝珍珠奶茶……」

侍應捧來一盤椒鹽九肚魚，在冬仔眼前放下。莉莉拎起筷子，往冬仔那一桌趨近，趕緊一夾又回去。

冬仔離職那夜，水哥帶著兩人下班後幫襯大排檔。店家把他們分開，指著桌子說，兩個人。於是所有桌子分別距離一點五米——當然無人能確認實際的數值——男生們一桌，莉莉獨自坐旁邊一枱，侍應上菜前望望三個人的臉，才決定要把餐點放在哪一方。似乎是炸物放男生面前，湯水和炒菜放女生一邊。他們坐在路邊用餐，頭頂上就是餐廳招牌，燈箱灑落刺眼的霓虹光，令食物的色澤過於鮮明，變幻，幾近失真。

莉莉點了生啤，才呷兩口，臉頰便發紅，眼神遊移，對著橫街若有所思。冬仔喝汽水，雙手捉住玻璃瓶，瓶身凝滯的水珠逐一融合滴落。

少年悄聲一如自言自語：「真想抱公主來。」

「帶來餐廳幹嘛？嚇到貓咪又嚇到客人，店家也不高興。」水哥摸著塑膠杯邊緣。茶水已涼。

「牠沒見過店外的世界。」

「在裡面好食好住，過皇后般的生活，不也挺好。」

「自由還是吃飯重要？」

「這種問題，過了這麼久，我都沒有把握了。」

「我有時會想，自己跟牠好像。」

「哪裡？」

「被遺棄。」

水哥壓低聲音，扯遠話題：「真要比較起來，莉莉不是更慘？剛來上班，幾個月後就要遣散。」

「你們會有新工作的，換個環境，就能走下去。但我是——我在兩年前就停下來了。被卡死。你知道嗎，我每個星期去警署報到，每兩三個月上一次庭——過堂——全都像夢遊，做一樣的夢，回到過去。」

「總會結束的，也許最後無事，不是嗎？」水哥乾笑，笑完，很清楚這些說話根本沒有安慰作用。他輕聲說：「大不了坐監三五年，到時出來了，不會有人記得的。」

「所以，這三五年，是靜止的，黑洞似的。那不就像是被拋擲到時間以外的地方了嗎？」

那時，路口有輛的士駛過，紅色車身反射路燈的昏黃亮光，瞬間，光影如幻燈片在冬仔的眼鏡鏡片上快速閃爍。

「幾時正式開審？」水哥別開目光，問。

「下星期一。」

「多久？」

「三十天呢。朝九晚五，簡直像返工。」

說罷，兩人吃吃笑，再也無以為繼。

「審完了，再等兩星期，就有結果。」冬仔補充。「折騰兩年，終算有結果。」

水哥仰頭。已經很晚了，但因為城市的光害，天空裡雲的輪廓一清二楚。月輪彎成尖銳的角度，時而隱沒於雲層以後。

曾經他想看，窗外就有雲。

「好久沒坐過飛機，去過外國了。我那時候專跑東亞航線，經常去日本，冬天的日子，空氣冷颼颼，但很好聞，很清新。」水哥補充：「香港沒有的。」

「我想去台灣。」冬仔咬住吸管，吸到底。「和公主一起去。」

「帶寵物出國旅行很困難吧？要申請文件、打疫苗、植入晶片什麼的。不是沒遇過，但就是少。」水哥提起茶壺，往杯中添茶，蒸出霧氣：「不過近來也改變了吧。現在的人移民都會帶上寵物。像老闆家裡那四隻貓，聽說幫牠們訂專門的飛機，要價八萬元一隻。」

他朝鄰桌瞥一眼，見莉莉埋首伏在桌面，似是醉倒；他望望餐廳櫃台上的電子鐘，見時針已經越過十點，便伸手搖她，卻被冬仔制止。

「快夠鐘了，你不是要趕著回家？」水哥問。

「宵禁的話，審前撤銷了。」

「那很好。所以通通都取消了？報到啊，出國之類的。」

「護照沒取回。」

「那台灣呢？」見冬仔腆然，水哥也笑：「搭艇？你不暈船，貓咪也會暈船吧？」

「可能嗎？」

水哥忍不住揶揄：「現在是怎樣，偷渡嗎？去坐船，在海上被捕，自投羅網？像之前那什麼十幾港人，詳細我都忘了。」

冬仔盯著他一陣子，才說：「我是問貓會不會暈船。」

「誰知道？」

他們再坐上一會，等到莉莉終於起身，打了個嗝。他們分別，一個左轉，一個右拐，一個向前走。日後水哥和冬仔不見面，不聯絡，偶爾在網媒見到男孩的名字，他也掠過。那樣的新聞太多了，每個人都有自己的辯解，記不住的——倒不如把時間花在手機遊戲裡。

門邊響起叮鈴聲。水哥擺出待客笑容，雙唇抿起，嘴角自動掀成四十五度朝上：「歡迎光臨！」差點辨識不到那是自己的聲音。

來客是個中年女人，肥胖而矮小，短髮留到下巴，眉角向下垂。她從銀包掏出發票，水哥接過，是縫製畢業公仔的訂單。

「稍等一下。」

他往倉庫走，按貨架的編號尋覓，來到深處。貨品通常按日期和單張編號排列，定時定候他們會做整理，把最舊的放最裡面，最後由老闆斷定要丟棄抑或打折出售。畢業公仔很少放那麼老的地方，畢竟客人總是心急，好些人天天打電話來催單，放著不來取件是少數——可是這幾年，老闆常說，沒來取件的人變多了。

水哥搬開布滿貓抓痕的瓦楞紙箱，往底層探索，一抓，一抽，取出一隻綠色佩佩青蛙公仔，霉味隨之溢出。他拍打它，拆開封膜，確認公仔已經穿好學士袍、戴上了帽子，再看衣襬，刺繡了二〇一九年的潦草字樣。

他抱著公仔，交給女人。她無言接過，低垂下眼廉，久久不說話。

水哥捏著發票，說：「麻煩尾數二百。」

女人走後，水哥以指腹確認銀紙凹凸的紋理，再慢慢撫平，放入收銀機的抽屜。

他想起冬仔那夜說的，時間之外的地方。所以，那隻佩佩青蛙也是被流放到沒有時間的角落了嗎？他沉思，如果區區三百呎的小店也藏著這樣的一個空間，那這個城市裡面，又會被分割出多少個沒有未來的方寸之地——那麼，逃離又是不是必需的？

水哥滑走手機螢幕上闖到一半的遊戲關卡，打開通訊錄找冬仔，打電話過去，漫長的靜候，沒有人應聲。再打過去，回應他的僅是相同的撥號聲。因此再撥出一次又一次，直到聽見熟悉的機械的女聲：電話暫時無法接通。他改傳訊息，卻只收回一個剔號，不讀不回。

冬仔，你要去台灣了？你要把公主也帶去嗎？

不過這有什麼大不了的？

如果這是冬仔的選擇，那誰又有資格將他從可能的自由邊緣拽下來？更何況，這又跟自己有什麼關係？水哥自認已經過了愛對別人說三道四的年紀。從航空公司離職之後，他覺得這個社會和自己再沒有什麼關係了。

他想像一個陌生的午夜海岸，遍野礁石，白浪拍擊，少年蒙面，貓跳上他的肩膀，他們轉身，眼神直射回來。

打開手機相簿，他逐一重看在店裡面拍的照片，幾乎都是關於擼貓，最新一幀就是昨天晚上，冬仔在貓籠前抱起公主——他還沒有機會把照片回傳給冬仔。他再向下滑，時間沿軸線回溯直到年初，那時公主剛出生即被帶來，養在外出籠裡面，小小一隻的，在欄柵後睜大眼睛張望，不親近人，但是冬仔時常不顧被抓傷，抱著牠面對鏡頭。第一次和貓同框，少年怯生生地微笑，貓咪眼睛瞪得極大。印象中，虛擬的快門開合，下一瞬間貓就躍身，躲進倉庫某個不被輕易打擾的狹小紙箱裡。

水哥想到那個問題：貓會暈船嗎？

網路給他的答案是：有可能，端看體質。

一對腳跨過門檻，門鈴聲響，水哥抬頭，原來是莉莉回來，左臂勾著外賣塑膠袋，右手提起一杯奶蓋烏龍湊近嘴邊，叼起吸管。

水哥對她招手：「莉莉，你來這裡吃。」

「幹嘛？」她蹙起眉。

「你有鑰匙是吧？晚上記得落閘、鎖門。我去找貓。」

莉莉沒好氣地噘嘴，舉起手裡的奶蓋，搖一搖。

「好啦。都算我的。」水哥走出店門。

棄保潛逃、快艇、碼頭。水哥動著手指頭，在網路搜尋器輸入關鍵字。搜尋引擎餵給他可能的答案，第一個結果就是「十二港人案」——事隔一年多，後續的新聞報導懶人包畫出清晰的路線圖，地圖上每一個紅色圓點都標記著他們如何從西貢碼頭出發，在布袋澳集合，啟航往遠方，所謂投奔自由——結局卻是在海上被截停，送到深圳，扣押，定罪，入獄。

爾後很長一段時間，再沒有人敢談論悄然逃亡的可能性。

西貢臨海，有無數大大小小的碼頭。他先排除公眾碼頭，遊客太多；又刪去布袋澳碼頭，畢竟前車可鑑，那條路線恐怕已被封死了。有固定航線的都不適合，人潮容易聚集，就會有目擊者。他尋思，如果是自己，大抵會找一個最接近目的地的地點起程吧，於是拖動地圖，讓地名跳出，考慮交通是否方便之後，確定繼布袋澳之後最接近東方的是大廟灣碼頭。布袋澳以南，沒有固定航班，似乎不錯。

從深水埗到大廟灣要先坐地鐵再轉乘小巴。他離開公仔店的時候，太陽正在落下，餘暉從鬧市狹隘的巷弄中穿透而來，他迎著光走進地下鐵車站，幾乎睜不開眼；而當他從另一邊海岸的另一個車站往上爬，仰頭望向出口，天色已然轉暗。很快上上下下來往的人潮又淹沒視野，連晚空都看不到了。往碼頭的小巴等了很久才來了一班車。他坐最後一排的單人座，左側隔著走道是一個穿著合身西裝的中年人，抱著公事包打瞌睡。

水哥心想，這個人也是要去搭大飛嗎？西裝只不過是掩眼法？今晚一旦夜深，他就會出發，消失不見嗎？

突然，汽車顛簸之中，那人悠然睜眼，叫道：「有落。」

車子急煞，水哥一下踉蹌，幾乎撞上前座的椅背。

他匆匆看過地圖，確定是這裡了，於是跟著旁邊的上班族一同下了車，四周張望，放眼卻只有向左右無限延伸的馬路，以及自護土牆頑強長出的蕨類。天更加黑了。他想要問那一同下車的男人，但是不論哪個方向都不見人影，彷彿是那人暗自走進了夜色而不被任何人發現。

水哥開啟手機的電筒光，一路向前走。地圖叫他往前他就往前，叫他爬下石階他就去爬。

階梯如同無盡。

他謹慎地踏出腳步，直到看見大海。潮濕的風直撲而來，吹得衣服貼在身上。

海岸相當遼闊。一列老舊得生了鏽跡的欄杆佇立著，往外就是石礁，空氣中飄來海水的鹹味。幾輛小艇輕率地泊在海邊，部分是單人划艇，另外一些比較大，甲板上搭建了帳篷，沒有人看管。右邊有棧橋。伴著浪花拍岸的聲音，他走上去。有一些人在釣魚，他們安坐在自攜的露營椅上，擱著魚杆，正把玩手機。螢幕的螢光從下而上照亮了他們的眼睛，成為海邊唯一的光源。

棧橋盡處有樓梯往下，下面就是水。一艘舢板停在階梯旁，載浮載沉，船身包裹了綠色帆布，顏色顯得如墨似地深。

水哥正要走近，船裡就傳來聲音：「你要去哪裡？」

那聲線粗獷，卻不見人影。有人在裡面坐著。

水哥想了想，假如輕易問起一個青年人，只會招人懷疑，所以他問：「你有沒有見過一隻貓？虎斑貓，脖子上有一個櫻花項圈。」

「沒有。貓怎麼會自己坐船？你是不是要找人？」

水哥感覺有人自黑暗中盯著自己。他頭皮發麻，從腑臟深處開始顫抖。他想到那一天，他拉著行李，站在機場青白的光線底下，聽上司談論他在私人社交帳號發過的種種帖文，裡面每一個情緒化、帶有攻擊性、侮辱的字眼，從別人口中化為真實的聲音，再拋擲過來，而當中亦不乏他曾寫過的罷工文宣和仔細的行動計劃，詳盡得他足以確定，這必然是某一個親密的戰友才能得知的資料。

那麼，是誰？他永遠不會知道。

想像中的那隻眼睛在某個不被覺察的角度，默然眨著。

他擺擺手，退開，坐在船墩上。他讓頭腦清晰起來，推翻所有推理。在香港這樣一個三面環海的城市，想要找出特定的出發點未免過於困難，更何況偷渡又不一定要從碼頭開始，所有地方都有機會。再說，誰知道這想法是不是真的呢？也許是自己一直以來誤解了冬仔，想錯了方向。可能貓的消失，只是因為少年臨行前忘記拉好閘門，讓貓在黎明時分出逃，至今仍在深水埗某個街區徘徊，諸如此類。越是思考，就越會知道可能性是無限地多。

白費了一堆時間，他想。他起身伸個懶腰，拉筋，抓抓頭髮，假裝什麼也沒有發生，然後往回走。才沒有人要偷渡。不知道下一班往地鐵站的小巴要等到什麼時候。要回到小巴站又得重新爬一次石階。累死人。

他回頭，於是才真正見到大廟。

剛才往下走時，一心只盼著黑夜中的海，使他沒有留意到原來沿路經過的廟宇如此龐大，分幾層，由白色的樑柱支撐，屋頂鋪了綠色磚瓦，密密麻麻。所有門都關上，大概是打烊了——即使是神明都需要有休息的時候。外牆寫著「天后古廟」四個大字，方正的字體有好些邊角剝落了顏色，顯得蒼白無力。水哥對於神仙或寺院沒有半點認識，只知道求籤要去黃大仙，而天后是港島沿線的一個地鐵站名。

走了吧。

水哥踩上石階，一隻貓擦身而過，嗖一聲消失於他的眼角。

他急轉身。貓緩步走著。

他瞇起眼觀察貓咪的背影，想要確定那就是記憶中的、有如斑紋一樣夾雜了淺棕或淡金的毛色，但天太黑了。他無法輕易說服自己去相信這一切巧合。

唯一能肯定的只是，沒有項圈。

這時候貓咪停下來，也轉身瞪著他，琥珀色的眼睛圓睜。接著縱身一跳，越過側門的圍柵，跳進了廟宇裡面。

水哥繞著建築物走了一圈，探尋每一個入口。全都上了鎖。他沿著鐵欄杆的隙縫望入去，中式庭園和拱門的輪廓若隱若現。沒有任何一絲光線從中流洩，也看不見任何貓。廟宇正門前的香爐上零丁插了幾支線香，才燒到一半，已經滅了。他面朝寺廟，視線越過僅剩半身的線香。夜空中，唯獨有幾顆星星仍然閃耀，非常遠，卻明亮。

他思索著，不知道天后管的是什麼？

如果查手機，就會有答案。不過，他不願意讓電子螢光破壞當下的一瞬間——他雙手合十，閉上眼睛，祈求天后：請祢保祐不論是一個少年還是一隻貓，都不要暈船。

旺角賓館

1

十一月，運動升級的消息在街頭每個人的手機裡傳開。那個晚上，天氣秋涼，金鐘街頭擠滿了人。

健在街角，站在燈柱底下，獨自一人。他收起和玲傳訊到一半的手機，抬起頭迎進人群之中。他對接下來要發生的事情沒有太多盤算，只不過是心裡有種責任感迫令他跟上，就像最初毫無預警地，同樣的一條馬路上射了滿地催淚彈，翌日他便出來。

人影躁動，他未看清前路，輕易混入了前排，對面似乎有武裝的警察。他不打算前進，想要轉身，但後方持續有人群擠壓，像輸送帶一樣將他送往前方。他眨眼，又回頭，霎地被胡椒噴霧噴滿一臉，唯有踉蹌後退。眼睛再也睜不開來。有人替他洗眼。水流過眼廉。四方盡是叫囂聲，分不清是來自示威者還是警方。

失去方向感的健轉進小巷，不知道臉上是眼淚、鼻涕還是礦泉水。

這是他第一次，亦是最後一次直面警察，以及他們的武力。於是才發現，原來這些事——所謂抗爭——一切都發生在電光火石間。

太超過了，狂號的心跳聲跟他說。

這不是他想要的。

燒灼感退去以後，他回到夏慤道。自修室人影寂寥。他坐在一張書桌前，桌上散亂地放著高中數學課本，沒有寫上誰的名字。四周安然無聲，他想抹臉，但手一摸上眼睛就刺痛。

這時有人觸碰他的臂膀。健勉強睜開眼睛，見到玲。

「你還好嗎？」她問。

五年後，同樣一個十一月的夜晚，玲放工回家，她在玄關甩開高跟鞋，倒在客廳的二人沙發上。健坐在電腦椅上，從臥室門邊滑出來瞟女朋友一眼，又低頭回到手機遊戲的世界。

「今天回來得好晚啊。」健說。

「做老師一向都是這樣子，早出晚歸，就算是這種時候也一樣。」

「吃飯了嗎？」

「吃了一塊麵包。」

「剛才收到公司通知，明天也不用上班。這幾天太混亂了。」

「學校也差不多，教員室裡大家都在賭明天教育局會宣布全面停課。」玲按摩著腳踝。「你吃飯了沒有？」

「泡了杯麵。」

玲在心裡嫌他懶惰，但說出口的是：「要喝點什麼嗎？」

「熱可可——」

健輕踢地面一腳，連人帶椅滑進臥室。

玲按遙控器開啟電視。有一半的頻道在直播衝突現場；另一半照常播放晚間劇集，但在畫面邊緣輪換跑馬燈，報導即時交通消息。她轉去新聞台。街頭混亂不堪，垃圾桶、碎玻璃和木板散落地上，遠處有煙霧，雜物在焚燒。鏡頭前方偶爾有一兩個記者或者黑衣人走過，不過更多是保持漫長的空鏡，不時插入主播的畫外音，解釋情況。

她去廚房裡，從櫥櫃裡取出即溶可可粉。

健不知何時來到廚房門邊。

「幹嘛？」玲問。

「除了可可，也想喝水。」
「別擠進來，我拿給你。」
「要冰的。」
他們住在上海街的唐八樓，單位劏成兩半，隔壁的大房間住了一家四口，而他們租用小的，只有二百幾呎。房間呈長方型，廚房只塞得進一個人，客廳只容得下二人沙發和茶几，連電視都要掛牆。
健大口喝下冰水，一邊走開，盯著電視，呷了一口。螢幕上又有硝煙。
打機半日，一天下來生產力可說是零，但他還是累，感覺像從來沒有睡醒過。也許原因出在加班，他猜度。因為連日抗爭，公司有一天沒一天地開工，有時連續放假三天，之後就是無日無之的加班。昨天難得上工，他獨自整理所有貨物。如今倉庫裡只剩他一個人。上個月還有兩個年輕人幫工，現在一人辭職了，一人還押。他夜裡捱巴士回家，幾乎是沖了澡就倒下來。

一時之間，他覺得自己老了許多。

那一年夏秋之交，健只是個修工程學的副學士生；玲剛升上大學二年級，以就讀中文系為榮。兩個人沒有多少共同點，唯獨都有一股幹勁，很容易就被手機螢幕裡面吶喊的學生領袖、如水的人浪、騰升天邊的催淚煙霧打動。

玲寫詩，那年當上詩社社長，由她組織的詩會從大學廣場搬移到了夏慤道的佔領區來。詩社邀請了幾個立場鮮明的詩人主持讀書會，陽光明媚時他們瞇著眼讀特朗斯特羅默，下雨則打著傘讀辛波絲卡。讀書會開放給所有人加入，只要你是發自內心，真誠參與——玲這麼說，她自己也誠懇地對每一個過客推廣詩社旗下的文藝活動。幾個中學女生從自修室方向而來，怯生生盤腿而坐，眼神發光；其後又有幾個網路上小有名氣的文化人加入，不計年紀地和學生討論文史哲學。午後日光映照下來，使一切泛起光環。

玲用手機拍照，發布在詩社專頁。這樣的事情，她覺得可以做一輩子。

健在另一邊的馬路上協助自修室張羅物資，不時回望相隔一條石壆的讀書會。那時自修室建成已經七七八八，但是來的人——包括學生和觀光客——絡繹不絕，對設備的需求越來越大。

當耳際傳入朗讀聲，健停下盛滿電線和燈泡的手推車。她們念的都不像中文，他想，句法真奇怪。

健把手推車交給同伴，坐在石壆上，喝一口葡萄適，觀看來往的人潮。許多人來打卡留念。健想，即使是那些頻臨清拆的大商場，也通常要到最後一日清貨大減價才會吸引到這麼龐大的人流。他轉身，想再窺探讀書會的模樣，這時一份A4筆記遞到他的眼前。他沿揑著筆記的手指往上望，攀上手臂，最後到達玲的臉。筆記印著一首楊牧：「早熟脆弱如一顆二十世紀梨」。

健不讀詩，玲也過了流連自修室的年紀，但兩人依然開始有一搭沒一搭地閑聊。有次天陰，讀書會休息一天，兩人在佔領區散步，途中玲遇上了幾張老面孔，例如中學同學、大學前輩和一些認得的文人，她自如地上前打招呼，健落在後頭。

手足無措之際，他聽見咔嚓一聲。

健提著水杯走進房間——客廳遺下經過數位化後扁平的叫聲：有個女生自白煙突圍，被防暴警察抓個正著，壓在地上，一個男生衝上前對著警察飛踢一腳，連報導員都忍不住驚呼——他環視電腦桌。印象中照片大概是放在這裡。是在桌頂的置物櫃上嗎？還是在螢幕旁邊的貓咪公仔附近呢？

折騰好久，他才發現東西根本不在桌上，而是在另一邊的衣櫃裡。

衣櫃裡面藏著一扇全身鏡，可以拉出來。鏡子非常窄，勉勉強強可以映照出瘦削的玲，健的話，就會半個人突出鏡子之外。當初購置傢俱時，玲無論如何一定要添置全身鏡，但是空間不夠，唯有聽從售貨員建議，買了這內附鏡子的趟門衣櫃，不過日子一久，就再也沒有拿出來用過。

照片也是如此。健無法解釋為何心血來潮，他要看照片。大概是被抗爭畫面感染了，想要回憶屬於自己的日子，總之，把臥室翻過一遍，他終於拉出鏡子，看到照片貼在鏡子頂端。四方形的即影即有長了幾點霉斑。健湊近，見到舊日的自己抿起嘴，略顯尷尬；玲眉開眼笑，目光靈動。

他想，這就是昨日的自己，和電視機裡的年輕人相比，沒有太大分別，頂多是他早出生幾年——如果他年輕，如果他還未出社會，可能，只是有可能，他會在那個現場，去飛踢一個全副武裝的防暴警察。至少他希望自己會。

攝影師是個日本人。

玲回到健身邊時，對方正好表明了身分，似乎是個國際獨立記者，來採訪運動。彼此都不善英語，唯有指手畫腳。但是語言不通也無妨，熱情能夠補足所有，他們乘機推銷了許多運動標語，直到攝影師走後，他們還沉浸在外銷革命的喜悅裡。

「沒想到連外國人都對這一切感興趣。」健說。「其實我不知道該怎麼解釋。」

「這一切？」玲揮動著即影即有，問健。

「就是……佔領呀，雙普選呀，學聯之類的。」

「佔領英文是occupation……普選怎麼翻譯？」

「我的意思是，為什麼我們要在這裡做這一切，我怎樣解釋？」

健和玲嘗試先以中文組織一次說法，儘管不見得會有下一位外國攝影師把他們當成模特兒，但他們便是如此在馬路上席地而坐，借用社交媒體上流行的句子，說起了民主自由。夕陽燒紅天空，兩個人的臉龐反射餘暉，身上面上全是汗、油、塵埃與毛屑，但他們毫不介意，頭靠著頭，一起鑽研政治文宣。

「太難了，我讀不懂。」健抓抓頭，往後一倒，躺在馬路上。

「再努力一下下嘛。」玲拉拉他的衣袖，他又起身。

他又起身回到客廳，電視畫面對準空曠的長街。

2

即使到了後來，玲也沒有提起過，五年前的十一月，她如何從家裡偷跑出來——她從不在佔領區過夜——獨自徘徊在龍和道邊緣，並認出了健。

作為一個負責在現場推銷文學、籌辦活動、呼叫口號的人，她沒有真正見過衝突瞬間。因此，在那個夜晚，當她身處現場，遙遙望見許多個人頭擠壓在一起，她完全不想加入這黑麻麻的人群，只想遠離，只有一個人抽抽噎噎的健令她感到一股悲傷的親近。

在帳篷裡面，健洗乾淨臉龐，用濕紙巾擦拭手腳和後頸。玲看著他，健回望，四目相投。

「你今晚不用回家嗎？」健問。

「都衝出來了，現在回去只會被罵。」玲說。

她打開手機看網媒直播衝突現場，眉頭深鎖，忍不住咬指甲，啃咬聲在帳中特別響亮。直至指尖見血時，健過去拉住她的手。她沒甩開他。二人貼近，腳踝邊緣是楊牧筆記，帳蓬外是黑夜，健的髮梢和T恤散發刺鼻臭氣，柏油路面凹凸不平。這全然不是一個適合親密的場景，然而正因為突兀，便又變得比任何時刻都更加精緻，值得揮霍。

運動升級失敗，金鐘的佔領氣氛冷卻下來，自修室如今只剩許多空櫈，石壆邊緣的帳篷群落漸漸散佚。無可否認，人群正在離去。有幾個死硬派決意留守，其中一個玲邀請來講課的當紅詩人也在其中。詩人在面書發帖，懇請大家留下，玲沒有給予回應。

那時玲和健才剛牽手，拍拖的路線已跨海去了很多地方，一開始去梅窩看牛，後來嫌遠，轉向深水埗行嘉頓山；夜了去旺角尋訪新式冰室；不然去葵涌廣場掃街；假如手頭充裕，也是會回去中上環看看隱世小店。但他們多數心照不宣地避開金鐘。

至於藍綠色帳篷，健沒有取回，只說：「說不定有人用得著。」便留在馬路一隅。

金鐘清場當日，兩人約好去吃晚飯。他們在旺角地鐵站會合，外面零星有示威的聲音，他們都不靠近。兩個人針對晚餐的種類挑選好久。玲規劃了一系列咖啡店路線圖，說要搞拿鐵巡禮。健咬咬嘴唇，不答話。玲知道他不願意，大抵是嫌貴，但彼此都不說破，在街上來回討論半個鐘頭，直到健終於用一種破釜沉舟的語氣問：「今晚不如去食車仔麵？」

玲自手機抬頭望望他，一秒後才點點頭，露出期待的樣子。

車仔麵無甚特別，玲把玩著筷子，在餐廳簡陋的白光管底下想。健夾起蘿蔔叼在齒間，看著吊掛在天花角落的老電視機，螢幕中正在播放即時新聞。玲盯著健，覺得可愛，播報的聲音如耳邊風。

玲端著陶瓷杯走出客廳時，健把玩著手中的玩具，在沙發上翹起二郎腿。玲在心中嘆口氣，重重地放下杯子。熱可可濺出兩滴，幾乎沾到放在茶几角落的普通話培訓班教材。

健不自覺地咬唇，幫忙搬走筆記。

「謝謝。」玲說。她拎起遙控器，把電視聲量調低。

「不要，我想聽。」健說著，手指摸過玩具的稜角。

玲隨便調高一兩度音量。她瞥他一眼，才察覺到他手中的公仔：一個香港民主女神像。純白色的，頭戴工業頭盔、面上配備防毒面具、肩膊搭上一支黑色旗幟，是最近才被描繪出來的運動圖騰。公仔很小，健一手就能包覆起來。

「為什麼你有這個？」玲問。

健不望她一眼：「一樣在公司撈回來的。」

「什麼時候連這個都有出模型了。」

「好像是有人搞眾籌，玩３Ｄ打印，義賣，賺到錢拿去搞抗爭。」健把杯子遞到唇邊：「這是雀巢？」

「好時。雀巢一早喝光了。」

「太甜了，以前雀巢的口味比較……」他蹙眉思索，好一陣子終終放棄：「我不會形容。」

「隨便你吧。」玲回答。

「什麼意思？」

玲首先沒說的是，不論哪一個牌子，這些廉價即溶可可粉都是一個樣的垃圾口味；其次是，其實上次大罷工早晨給他沖的那一杯已經是好時了。玲負責採購日常用品，包括可可粉、牛奶、糖、陶瓷杯和湯匙，並且根據價格調整需要的品牌和數量。她知道健一定分不出當中差別，但如今實際確認他必須到這麼後來的日子才能發現，還是會失望。

玲輕輕地從健手中搶過公仔，他也沒反抗。

她端詳著模型底座和寫有口號的旗幟，說：「做工不錯。」

「沒人要。」健說。

「或者只是忘了來取貨吧。」

「客人說他不要了。」健接回模型，在手裡拋來拋去，又撫摸公仔的輪廓和肌理：「還是個中學生，家人不許收藏這種公仔。」

他走近模型收藏櫃。

在極窄長的單位裡，這是健唯一要求添置的傢具。玲覺得很合理，很快接受要求，還陪他到ＩＫＥＡ挑選櫃子，過程盡量滿足健，即使她始終認為四面都用玻璃砌成的櫃子太過透明，跟家裡其他由自己親自選定的木質傢具並不合襯——這些想法，到底她仍然只是放在心底。

她拿起教材，打開夾著書籤的一頁，試著完善出一個更完足、更完美的普通話詞彙庫，就在她的腦子裡。

健輾轉升讀職訓局的銜接學位，那年玲已經畢業，報讀教育文憑課程，準備做中文科老師。她仍然寫詩，多數成品不太修改就投稿給相熟詩刊或網路平台，久了，編輯邀稿時也會想到她。文藝雜誌新一期列出「備受期待的九十後作者」名單，玲名列前茅。她喜孜孜地把雜誌拿給健看，健也笑笑。

「我打算下半年申請資助，出詩集。」玲漫不經心地掀頁：「為什麼這個人也可以上榜？他上個月出的短篇集很廢。」

「詩集？你要把以前寫過的詩結集成書嗎？」

「我會重寫，我有新的規劃，詩集會以煙霧做核心意象，寫雨傘前後的一些觀察，年輕人的運動創傷等等。你看。」她用手機打開文檔：「這是我最近寫的，會投去詩刊。」

健避重就輕地回答：「那很好啊，但一邊寫作、一邊教書會不會很辛苦？」

一年後，健不敢跟任何人提起自己因為缺席太多而無法畢業；玲仍然沒有出版詩集，現在她的桌面只有教案。

原來當老師比創作、經營詩社、寫畢業論文都更加困難。

一間北區學校以常額教席聘用玲，教初中中文。她住港島東，往返太遠，便想搬出去。跟父母鬧幾下彆扭，就得到允許。

「但是我還沒有工作。」賓館房間內，鏡中倒映的健說。

確實是有這麼一句話。

她第一次和他提起同居，那時他們還沒有自己的房間——就連一間劏房也沒有。在同居之前，他們曾經在某一個地方消耗過時間。

一間賓館。

那房間的輪廓逐漸浮現，然而那個地方到底叫什麼名字，玲一時三刻理不清頭緒。

於是她問健：「我們以前是不是很常去那一間賓館？」

「哪裡？我們去過不少。」健回望她。

「房間裡面設計得很有特色的。」

「嗯，四柱床那間嗎？」

「不對，是……放了許多鏡子的。我記得，那些鏡子角落還有霉菌侵蝕的黑邊。浴室老舊，水壓很弱……有次我們發現花灑發霉，我說要去投訴，你說算了，我們為此吵了一個下午。」

玲迎上健的眼神，沒想到他只是在發愣。電視畫面終於切換成日常新聞輪播——縮小到螢幕角落的動亂現場爆出火花，卻沒有聲音——玲瞇起眼睛，再次將電視機的音量調低。

「我只記得有一張四柱床，左邊那根支柱有裂痕。」健說。他仍在調整模型櫃的陳設，試著為民主女神像找到一個適當的陳列位置。

「你不記得。」

「我記得啊。」

「那你為什麼不記得鏡子？」

「哪有什麼鏡子？」健衝口而出。

話一出口，用不著等玲瞪他，健自己也知道完了——他又說錯話了，說錯話的永遠是他。他想反駁，結巴地試著開口，但玲不理會他，低頭望向筆記，翻頁時特別用力，唰唰聲。健輕輕發出幾個不成片段的音節，得不到對方的任何反應，他只好轉身望向玻璃櫃。每次這種時刻——當玲明確地別開眼神，露出憂愁且不被滿足的側臉——健真想把自己塞進櫃子裡，和海賊王的角色公仔、二戰日本戰鬥機一比一四四復刻模型、各式ＴＯＭＩＣＡ小汽車堆在一起。

但那明明就是四柱床。

健第一次聽玲提起同居，他們正抱擁著躺在酒店房間，健的手臂枕在玲的脖子下。

那次確實是四柱床，健很確定，而且左邊那根支柱有裂痕，他們還圍著柱子笑，裸著身體打賭會不會愛做到一半，床頂倒塌下來？那就讓它倒塌吧，其中一人說罷翻身，兩具年輕蒼白的肉身互相糾纏。

然而激情之後生活就是碎屑，健記得自己說，他還找不到工作。投寄超過五十封求職信，見過十幾次工，都沒有回音。

「再努力一下下，不就有了嗎？」玲說：「你不是很討厭家裡，整天嫌吵雜，老早想搬出來了不是嗎？」

健不懂得回答。他盯著飄浮的微塵。房間的窗戶被黑色膠紙封死，午後的陽光努力穿透隙縫，闖進室內，照亮空氣中的塵埃。

「頭兩個月租金我先幫你付吧，父母有給我一點錢。」她用手機查看租屋網：「沙田好嗎？」

「沙田應該很貴吧，都是大型屋苑。」

「不然大埔的村屋？」

「出入等小巴很不方便啊。」

那天由玲付房錢。健的雙手交握在背後。

諸如此類的，當他對自己感到徹底失望——在不斷修改履歷直到疲憊的時候、被面試官羞辱學歷的時候、在一個薄霧的夜裡連西裝都被沾濕的時候——他便會想起以前搭建自修室的日子，一切都由一手一腳再加上旁人的善意就可以成就。雖然他也說不準自己的記憶到底保有多少真實，但回憶之所以令人沉迷不就是因為它可以給人隨意捏造嗎？

又多寄出十來封履歷之後，終於，健在求職網站點按了一個完全無關於工程的行業分類，在心中數ABC。找到一間用A開首的公司，就寄信；下一個是B，如此類推。

直到公司G回覆了，他便成為了一間網購公司的倉務人員。

3

他們像從前物色賓館一樣物色居所，要房租落在可接受水平的同時，地點亦同樣遷就兩人，最後兜兜轉轉來了油麻地。

有了房間，他們就不怎麼去賓館。安全套要自己買，床單要自己洗，關係裡再沒有什麼不屬於柴米油鹽，兩人鎮日躲在二百呎的居室處理吃喝玩樂——比方說去年某個週末，玲在廚房一邊翻炒肉醬義大利麵，一邊抱怨生活瑣事，健在客廳聽著她。那種西式簡餐現在她都會做了，並且嫌棄咖啡廳師傅廚藝太差。

她揚聲跟健說：「不知道是不是因為在北區教書，班上九成都是大陸學生。我已經不知道現在的年輕人流行什麼了。」

健在整理模型，他調整支架，設定好一隻手辦，才施施然回答：

「TFBoys之類的吧。」

「什麼？」

「TFBoys，一個大陸男孩組合。公司有賣他們的周邊，很多小女生來找我們買淘寶。」

健任職的網購公司原本主力做日本代購，後來也涉獵淘寶市場，看準一些沒有銀行戶口、花費被父母規管的小女生，提供地鐵沿線面交服務，一場交易幾十塊錢攢下來，居然也成為了公司業務的其中一塊版圖。

網購公司的貨品從汽車零件到模型手辦包羅萬有，多得令人煩厭——至少健會煩厭。初入職時，光是商品分類就害他出過許多錯。不過，在公司偶爾也會得到一些回報，足以填補工作的煩悶和無聊。貨倉裡總有些貨件永遠不被取回，老闆會在確認沒有二手拍賣的價值後，放任員工帶走。健從公司貨倉認識了最近的潮流，更重要的是他開始玩公仔。

玲捧著兩碟義大利麵回到客廳，勉力空出一隻手，把茶几上的書本丟到沙發上，才找到空間放下餐碟。接著還得張羅餐具，她小心翼翼把叉子擺放在餐碟兩側。

健仍在擺弄小小的一輛畜牧運輸車模型，輕手輕腳地把附贈的牛隻模型放好。

玲問：「為什麼你不趕緊過來吃飯？」語氣平淡。

健沒反應。

玲用叉子卷起一束麵條塞進嘴裡。似乎蕃茄醬加太多，味道過酸。她去廚房拿糖包，但手伸進夾鏈袋後，才記起指尖染有茄汁的油漬。抽出來一看，果然指頭沾了一大把砂糖。她吮著手指放棄，回到茶几前面，健還在整理那些黑白夾雜的小牛。

不管如何，他就是沒有辦法擺出模型盒子上的示意圖，四隻牛應該是可以整齊排在車上的，這就是盒子所應允的，難道不是嗎？他用從前畫建築圖則的專注來排列模型。

玲叫他的名字。

他沉吟一聲。

玲放下叉子：「我難得煮一餐飯，好好的你為什麼要這樣？」

「我快弄好了。」健始終沒有看她一眼。

沉默半晌，玲走過去，腳步震盪在單簿的木紋地板上。當健放下第四隻白牛，玲抓住他，那些牲畜脆弱地倒下，從車子的貨卡滾落玻璃櫥窗，有一隻甚至重重跌在健的腳邊。

健轉身，無法控制地咬唇，但玲只覺倒胃口，她想大叫——為什麼你要因為一隻牛和兩碟義大利麵而擺出這副模樣？

有時健在上班的日子，偶爾對堆上天花板的貨品感到厭倦時，便會假裝有抽煙習慣，到工廠大廈的後樓梯踱步，呼吸一口不屬於公司的空氣。他突然想到——人不是慢慢變老的，人是剎那間變老的——句子太文藝，肯定是從玲那邊聽來的。健想著感情大概也是在剎那間生變的吧。

那麼，屬於自己的那一剎又是在什麼時候發生的呢？

健在那個月的垃圾堆——同事之間這麼稱呼——裡面，找到了一個喵之助模型公仔。喵之助是隻呆呆的黃貓，穿著吊帶褲，時常流露失落無助的神情。玲說喵之助有點像健，她很喜歡。

健把公仔翻過來。喵之助的表情一如既往，一邊眉低垂著。他把公仔翻來覆去，好一陣子，突然把它塞回垃圾堆，藏在許多扭蛋和小盒的底層，直到看不見為止。

不過，當健回到家，見到努力準備教案的玲，他又想著不如下次把喵之助挖出來吧。

「為什麼鏡子會拉了出來？」

玲問他。

健一晃神，手一擰，撞到模型公仔，原本彼此緊靠而達到微妙平衡的公仔散落到玻璃上。公仔太多而空間太小，健很清楚，但他不想割捨，那隻魔物獵人的火龍是某年一番賞的最後賞，絕版貨……

有人叫他的名字，當然是玲。健硬著頭皮走向聲音的來源——臥室——玲佇在門邊，指著衣櫃。內附的全身鏡拉出來掛在半空。鏡子一被拉開，就擋住了床邊的通道。

「這東西拉出來幹嘛？」

玲畫過的眉蹙起來，扭曲了筆跡，加工的痕跡過於鮮明。

健盯著她的眉。他想指出貼在鏡子頂部的即影即有，想跟她說，你看，那是我們共有過的時光，當年從來沒有人想像得到我們會花五年的時間彼此擠在一間小小的劏房裡一起踏入未來，以及為了數之不盡的瑣事——例如有沒有收好一面全身鏡——來吵架。

「我不知道你為什麼突然照鏡——你從來都不照鏡子的——但拜託你東西用完可不可以收好，那塊鏡子很礙事。」

「當初就是你要買的啊。」

「所以呢，我很後悔，就不怎麼用它。」

「總之我又惹到你了。」

「不是這個問題，我是就事論事。」

他們你一言我一語，激動時揮動雙手，差點打翻擱在電腦桌上的水杯。不過，二人都沒有注意到鏡子下方、衣櫃底部的抽屜。畢竟地方淺窄，衣櫃除了放置衣服，多餘的抽屜還用來收納了許多雜物。健為了找到那張回憶的即影即有，把抽屜拉開，卻沒有關好，一行詩就這麼透露出來：「卻在高速中撞上一顆無意的流彈」。

日復一日的教學循環裡，玲久久不再寫作。

同輩裡有人已經出版第三本小說，有人去台灣發展，有人退居幕後做出版工作，各有明確的野心，玲卻是一個人在黃昏的教員室整理學生書簿，揭開一張接一張作文紙，批改，寫下評語，一百幾十份之後，她再也不想執筆。然而越是不寫，她越著急，腦裡急於組織字句，彷彿必須透過書寫去維護自己一直以來在寫作上的投資——畢竟在這行當上，她覺得自己實在投資了不少，豈能半途而廢。

但是，當她偶然能夠提早回家，從塞得滿滿的冰箱拿出食材，仔細切割、落鑊、煎炸，用從國際連鎖超市買來的多種香料調和出醬汁，端出三杯雞、紅咖哩、台式滷味，讓健吃得狼吞虎嚥，呆呆的叼住一塊肉，對她嚷著好吃的時候，她發覺寫或不寫，都不會令她感到可惜。

有次難得的同輩文友聚會，玲聊起生活，有人說她安於逸樂，太過平凡的日子是對一個作家的挑戰。對方扯談起美學和政治的願景，又說起玲那個不屬於文壇的男朋友，暗中有指責之意。很快話題轉向討論文學對於目前低落的社會氣氛的作用，該如何用文字干涉現實？玲的心思卻依然低迴在記憶中，她反省幾年前未免太過天真，居然以為可以一輩子都在馬路上舉行詩會；她也同樣認為環繞在自己身邊、拿著手工啤酒、在獨立書店小閣樓高談理想的這些人，都仍然停留在某種已然逝去——甚或不曾存在——的烏托邦裡。

烏托邦之所以為「烏」，都是因為烏有。

她自覺悟出一個道理來，心想這真是個好句子。如果有學生問她公理和正義的問題，她會這麼回答，不過就算到了抗爭白熱化的今天，還是沒有學生問起這條問題。大概是他們忙於身處現場，沒空處理太多抽象的辯證。

看著教室裡偶爾空出來的幾個座位，玲心想，不如重新寫詩。

回到那個沁涼的十一月的秋日，衣櫃底的抽屜始終沒有被關上，健和玲開始攤開自己，他們在體內挖掘可以打造武器的材料，互相發射一些未經打磨的尖刺。

「你永遠都是這樣，做事隨隨便便，哪天女朋友不見了都不會發覺。」玲罵，用力拿起沙發上的教材，書籤掉到地上，她一腳踩上去，幾乎摔倒。她憤而一踢，書籤馬上消失在沙發之下。

健壓下聲線：「你給我舉個例子，除了鏡子之外的。」

「自己抬頭看看這個房間，你的熱可可。」

「你有看到那面鏡子上貼了什麼嗎？」

「哈，不要說你拉開那面鏡子就是因為上面貼了個什麼，五百元鈔票嗎？」

鈴忍不住笑。

健走進房間，把鏡子上的即影即有撕下來，因為殘膠，相片等於是黏在他的食指上，但他不在意，跑出去伸手遞到玲眼前：

「你那時候眼睛閃閃發光，現在呢？除了嫌棄我之外，你還會什麼？」

「我嫌棄你？我嫌棄你就不可能跟你一起五年。」

玲看著照片中束起馬尾的自己，幾乎錯認成某個不曾打過照面的陌生人。

「我們那時候很好啊，在路邊睡覺，談夢想，聊一堆有的沒的，總是快樂的；現在呢，你要不要看看自己變成什麼樣子，口裡除了學生和校長的八卦之外沒有別的。」

「難不成你想一輩子睡在路邊？那你下樓去，不要再回來，省得跟我搶這個二百呎的房間。」玲指著窗外。「你有點長進就不會老是想著從前怎樣來跟我說嘴。」

「你要說我沒有努力過嗎？」

「你有努力過就不會連職訓局的畢業證書都拿不到！」

健退開，不小心撞到玻璃模型櫃，鏘咚一聲。他把手搭在櫃子邊緣，櫃門半開，模型零落。他咆哮：

「好，你要翻舊帳，我告訴你，事情就是那樣子，我就是沒有畢業，但我盡力了。」

「我當初選擇的是一個不怕日曬雨淋，在馬路上跑來跑去、幫中學生搭建自修室、會聽我講文學的男人，才不是個整天窩在小公司的倉庫裡玩玩具、回到家裡只會使喚我的廢柴！」

「你又有什麼資格講我？你看看你，整天瞇眼睛讀這些爛課本，學什麼狗屎普通話，發音不正、咬字不準，站在講台上就是誤人子弟，還要嫌我蠢，說我讀不懂你的詩？」

健抄起手邊的民主女神模型，對著玲擲過去。

玲舉起筆記，擋住了公仔；她手一鬆，筆記就跌落地上。

好長一段時間，房間裡只有電視機新聞播報的聲音在響，城市裡某個地方又發生衝突，一輛警車在大道上蛇行，幾乎輾斃黑衣人；人潮被沖散，像螻蟻一樣輕易崩解。

他們彎下腰，收拾散落地板上的雜物。模型公仔的旗幟不知飛到哪裡去，健趴下，摸索沙發底，把手抽回來時，沒有黑旗，只有一張書籤和滿手灰塵。他定睛一看，察覺書籤是玲以前搞詩社時印刷的宣傳品，內容乘著當年運動的熾熱氣氛：「他單薄的胸膛鼓脹如風爐／一顆心在高溫裡溶化／透明，流動，虛無」。他始終無法品嚐詩歌的況味，只知道那斷句不像普通人的語言，他當年願意收下現代詩筆記，除了因為玲的手臂，也是因為這些斷句。

玲趺坐在沙發上，摀著臉。

健趴在地上找，久久的，終於嘟囔一聲。

玲不管他。

「我說——」他仰起頭，對著玲的腳踝：「你可不可以抬起腳？」

玲挪開腳步，黑旗就在她的拖鞋底下。健捏起小旗子，重新插在模型公仔手上。然後他把書籤遞向玲，字句直面她。她別開臉，一綹髮垂下，遮掩住表情。健沒有抽回手，直到玲嘆口氣，單手接過書籤。

他們並肩坐在沙發上。

健把手肘支在大腿，托著腮，問：

「要吃飯嗎？」

「你不是吃過泡麵了？」

「那麼少，不夠啊。而且你只吃麵包不是嗎？應該餓了吧？」

玲不需抬頭去看也能想像，這一刻的健肯定露出了無辜的表情，可能微微抿著唇，有點難為情的樣子，讓她想到了喵之助。

她想笑，但忍住，問：「那你想吃什麼？」

4

他們走在黑夜底下的旺角街頭，特意不穿著黑色衣服，免得被錯認成抗爭者。兩人各自回憶起從前某個秋涼夜晚的衝突——他們都知道彼此正在回憶，但默不作聲——一個人在想自己的眼睛遭受到胡椒噴霧，另一個人在想自己看見了別人遭受到胡椒噴霧而飲泣的時刻。他們想動用語言去描述那一瞬間，卻隨即發現自己早就忘記當時的感覺，到底是憤怒、恐懼、無力還是錯愕。

「連一間茶餐廳都沒有。」

健說著，雙手插袋，站在一棟騎樓下。周邊是歇息的抗爭者，都蒙上面。

玲在看手機導航，手指劃過地圖：「轉進裡面的橫街看看吧，那陣時不是有一間車仔麵店，我們常常去？」

「嗯……蘿蔔很甜那個？」

「對，你每次都點蘿蔔和芝士腸。」

他們逆流而行，穿過政治口號的聲浪。

其實街上也不是只有他們兩個不屬於這人浪，偶爾會有穿背心的中年阿伯或者帶小孩的師奶，在遠離中心的地方，或駐足、或踱步。健是這時候才認清這些人，因為他們從來不會出現在電視鏡頭上。他想起當時來訪佔領區的觀光客，忽然想到自己也是觀光客的一種了。

身後遠處傳來嗚笛和突如其來的爆炸聲，但是橫街陰陰森森，大部分商舖已經落閘。街巷短小，沒兩步就走完，到底沒找到想要的車仔麵店。兩人比對記憶，確認鋪位早就被酒吧取代，裡面有零星幾檯客人以啤酒乾杯。

「我們以前常流連這個地方。」玲說。

「那時候還沒有自己的房間。」健答。

健抬頭盯著手工啤酒吧的招牌，目光飄移到旁邊的商業大廈。他舉起手，指著五樓一扇貼滿黑膠紙的窗：

「喂，那就是四柱床的房間，你在這裡跟我說同居。」

「就跟你說是鏡子……」玲不耐煩地跟著他的指尖望。

「怎麼可能？」健牽起玲的手：「來，我們打賭。」

還是學生的日子，健和玲只有能力買起兩個鐘頭的酒店房間。試過九龍塘的老字號，也光顧過開滿油尖旺的連鎖旅館後，兩人鎖定了一家廉價的旺角賓館。香港許多名不見經傳的賓館都是這樣子：開在破舊的老商業大廈裡，大廈入口殘破，外牆從不張揚任何招牌，只有電梯大堂的水牌靜悄掛上賓館名字。

想要找到它，幾乎必然得從網路上找，彷彿這個空間不怎麼存在於現實，進去是一個異境，走著走著就掉進另一個世界。

當年第一次來，他們盯著水牌上面的標楷體字，健蹙起眉；玲有一種不合宜的興奮。如今兩個人一起看著水牌，交換了彼此幾年前的反應。

「你不是說餓？」玲問，跟著健進了電梯。

「不餓了。」

健回答得漫不經心，幾乎又要激怒玲，不過她只是如常嘆一口氣，就接受了他。健察覺到這一切微小的反應，但假裝沒有發現。

出了電梯，沒想到賓館大堂竟然有人等候。幾年前他們還在這裡打混時，房間從來不用等。如今，幾對男女坐在大堂破舊穿洞的圓型沙發上，有人摟摟抱抱，有人只是不安地搓著手。

健跟玲對看一眼，便轉身對櫃台要求房間。服務員隱身在只有面紙盒大小的窗口後面，唯獨聲音浮現：前面還有三組客人。
登記後，他們靠近牆邊，但不敢挨上去，因為掉灰。
玲問：「如果不是四柱床，你要怎麼賠我？明天可能要上班。」
「現在不是已經和全面停課差不多了嗎？」
「還不是一樣要回學校去。」
「我請你吃車仔麵。」健咬咬唇：「不然去吃義大利麵。」
隨你喜歡吧，玲心想，沒好氣地微笑。
男女走了一對又一對，沒多久就只得健和玲。
健滑手機社交軟體，看久了沒有新帖子，他刷新畫面，冒出來的通通是新聞消息。越入夜，街上人越多；衝突場面已經從尖沙咀擴散到油麻地。會不會堵住回家的路？健思索。
這時電梯門敞開，一對少年少女衝進來。兩人額頭滴汗，一身刺鼻氣味，背包擁腫。少女走近櫃台，要一間房。

健盯著他們。他聽說過抗爭者預約酒店房間做基地，用來收藏裝備；也聽過有人怕被警察攔截，只好即日晚上在衝突的街區找個房間藏身，翌日才敢離場。

櫃台後面的聲音回答，前面還有一組客人，請出示身分證。

兩個年輕人支支吾吾地退開，越過玲的身邊。他們靠在牆角，講警察、煙彈、哪一條街開了幾多槍，赤裸裸的恐懼。他們以為自己足夠放輕聲線，然而賓館大堂太過安靜，內容輕易便傳進了玲和健的耳中。

玲斜眼觀察他們，女生太單薄，男生太矮，幾乎和她的學生差不多模樣。

櫃台叫了健的號碼，一隻手從窗口伸出來，接過鈔票，交出鑰匙。

玲靠近健，取去他手心裡的鑰匙——動作和她之前在沙發上搶走民主女神公仔時一模一樣——然後把東西遞給那對少年少女。少年愕然，玲卻不解釋，只甩甩手，示意他們走進迷宮般的走廊。

於是大堂又只剩下健和玲。他們望著長廊。

「你覺得他們會不會圍著四柱床笑，好像我們那時候一樣？」健在玲耳邊問。

「就跟你說是有一面鏡牆，底部有黑邊……」

他們再次理論起來，跟在狹小的二百呎的家裡無異，只是手邊沒有普通話筆記和模型。接待櫃台後面好像根本沒有人似的。

離場

蘭姐把手上的一株仙人掌遞給阿群，說是香港蘋果日報的遺物。

六月底，報館高層被捕。諷刺地，當日大批警察步入報館總部搜證的相片同時也登在那份報紙的頭版上面。

消息傳遍大街小巷，政府說這傳媒報的新聞犯了法，危害國家安全。報館旋即宣布停運。事情發生得意外，令人措手不及。大批市民來到報館總部外聲援。

當然這些都是蘭姐說給阿群聽的。

阿群想著那段日子，卻想不起什麼像樣的回憶。她大概還是每天看明星影片和打掃家居，日復一日，生活無風無浪。

講真，這二十幾年來阿群從未認真讀過蘋果日報，全因為早在報紙初創時，建生即認定它亂七八糟，淫穢不堪，尤其是那時剛生了女兒，建生堅決反對讓這種下等媒體進入家中。當時他如此正直，抬頭挺胸，一副衛道分子的模樣，阿群便由他說了算。說到底，要讀哪份報紙——他們最後訂了明報，轉眼十幾年，一直到報業息微，無人再上門派報為止——她無所謂，新聞嘛，都是那幾樣事情，沒什麼分別。

不過，在蘭姐面前，阿群仍多少表現出一絲興趣，問她怎麼會了解得這麼清楚？

蘭姐沉著臉，解釋說當時她人就在現場，晚空底下，站在雨中，作為群眾一員，在報館總部外閃亮手機燈，唱打氣的歌，叫後來被禁制的口號。將軍澳工業邨遍地電子燈光。光是覆述已令蘭姐感動得雙眼濕潤——阿群怕她是不是真的會哭。

那個晚上，報館裡的工人依然守候著最後一份實體報紙完成印刷；編輯、記者、主播紛紛拍照留念。當中一些人苦思如何處理公司的盆景與植物。他們栽種了那麼多，那樣期盼開花結果。似乎是不可能了。

正愁著，有人想起了外頭的市民，於是把盆栽逐一運送到地下，交到聲援者手裡。

蘭姐是其中一人，接過了球狀仙人掌。

阿群靜悄收下盆栽。對於蘭姐的憶述，她不搭話，也不打斷，偶爾視情況虛應幾句，實則上內心雲遊去了很遠很遠的地方。蘭姐終於不說了，換去討論明星，誰有新歌派台、誰下星期出席品牌活動，才把她喚回來。

她們在商場的咖啡店裡起勁地聊了一個下午，儘管彼此點的抹茶拿鐵和手沖咖啡都放涼了，還沒有聊完。時值盛夏，天氣熱極，但是咖啡店把冷氣開盡，店鋪兩面落地玻璃泛起了水霧，令她們看不清楚街外的任何風景。阿群一邊聽著蘭姐，一邊拉緊衣襟。她穿粉紅色的短袖襯衫，下襬有兩尾刺繡的游魚圖案——去年過年時買下，圖一個年年有餘的意頭，到現在她仍很喜歡，每日當作新衣穿。

回到家，阿群把仙人掌放在客廳，便去做菜。今天建生說好了會提早回來吃飯。她早早買好材料，想煮數字骨，一酒二醋三糖四豉油五匙水。豉油剛補貨，一公升瓶裝，倒到一半，她手軟，幾滴黑色汁液濺出來。她猛地退後，確認身上的魚兒沒有被染色，才再趨前，加水，拿茶匙攪拌，混合了，即倒進沙煲，雙手搓揉著排骨和醬汁。

開伙不久，建生正好到家，一開門，嗅聞到排骨香，然而放在餐桌上的卻是一棵不搭調的多肉植物。

「這仙人掌，哪裡來的？」建生問。

「蘭姐給的。他們夫妻下個月移民，養不下植物，托我照顧。」

「我們也不見得養得下。」
「又不用你處理。」
建生搔搔肚皮，別開眼神。
飯後洗好碗碟，阿群擦乾淨餐桌，把仙人掌挪到家欣的房間。去年家欣跟男友同居，阿群見房間空著，主動和建生「分居」，入主女兒的閨閣。仙人掌放在窗邊，阿群想它多承接陽光。
兩日後家欣回來探望，發現窗前多了一盆小植物，怪可愛的，捧上手心，問是什麼回事。阿群把蘋果日報的故事和盤托出，還叮嚀她別告訴父親。
「不然你爸又要碎嘴，煩死人。」阿群說。
「原來阿媽你還有黃絲朋友。」
「你不知道的事可多著。」
女兒不知道的事，阿群曾經跟精神科醫生說過。

自從家欣遷出，丈夫一如以往早出晚歸，阿群在家對著空巢，漸漸累了。那份疲累是日積月累爆發的成果，當身體閒著，便一口氣作用到身上，使她食不下嚥，又終日嗜睡，時常醒來已是下午兩點。她看著窗外，心想既然時間無論如何都同樣流逝，找不到什麼醒來的理由，便又昏昏沉沉合眼去。

折騰半年，家欣看不過眼，回來短住一段時間，催促母親正視自己的病，又給她一個地址，說是聽朋友介紹——他們那一輩年輕的也有許多人深受情緒困擾，這並不是什麼不能說的祕密，大家都有狀態不佳的時候，重要的是認真面對，早日求醫，邁向康復……家欣日講夜講，阿群半是怕她囉嗦，半是被說服，終於去了精神科掛號。

精神科診療服務並不包括諮商或輔導，但為著了解病情，多少還是會詢問起客戶的背景。給她看診的是個老醫生，頭髮灰白夾雜，弄成三七分界。應診室裡只有他倆，沒有別人。

醫生雙手交握，請她慢慢講，不用急。

她便說了。

起初充滿戒心，結巴著聲音，慢慢卻變得像是一道失守的堤壩，洩了一生的洪。她任由多年來的傷痛化成言語，自齒隙間流逝，主題隨情緒波動，由東搖蕩到西，一時談婚姻，一時談婚姻以前她未曾選擇的人生。她沒有流眼淚，雖然在最初開口的時候，她以為自己會；然而到最後，仍不過是一陣淡淡的揪心，彷彿爬了太長的階梯，到了一個地步，必須要停下來，雙手按在膝上，長長地呼一口氣，好挺過疲倦——這階梯她可是爬了那麼的久。

談著談著，也講了十來分鐘，醫生開始插話，問她重點。她原先不察覺，內心兜著滿腔的創口，仍想逐一揭開。逐漸才意識到那是老醫生期望結束的訊號。

阿群退到外頭等待領藥。小小的候診間擠滿了客人，幾乎沒有她的容身之地。來客有男有女，既有獨自前來的老人，也有小學生年紀的孩子，百無聊賴地坐在沙發上，擺動及不了地的兩條腿。診所助護跟阿群約定下次面見的日期，逐一解說幾種藥物的作用，語氣冷漠，阿群不太喜歡，認為在應診室裡一度感受到的、被關懷的暖意讓這年輕姑娘三言兩語就毀滅了。

她坐地鐵回去杏花邨的家，在車上，她看著人們默不作聲，鬱悶地埋在手機、音樂、睡眠或書本裡面，一個人是一個天地。沒有人管她，其實她也管不了任何人。

她說服自己，人到五十好幾，生活本來就是這樣子，行行企企。

阿群整天閑賦家中，家欣怕她是悶出了心病，那時一有空便來陪她打發時間，就是這樣，阿群第一次接觸了YouTube，用來追星。兩母女坐在沙發上，只有四十二吋電視螢幕逕自發光，播放一段又一段舞台影片。

看久了，日本韓國再沒有新意，兩人轉看本地明星，原先不抱期待，沒想到比想像中有趣，聽廣東話又有親切感。建生嘲笑香港娛樂已死，盡說些風涼話，她們索性少理，繼續待在自己的小天地——阿群因此有了一陣無以名狀的快慰——女兒教曉阿媽在手機下載追劇App，讓她夜裡也能背著丈夫繼續細看男明星微笑的角度。

藉著許多有意無意的寄託——當然也有藥物的功勞——阿群慢慢好起來。她微笑，肯起身走動，外出去散步；若跟鄰居擦肩，儘管不會主動打招呼，但假如對方先開口，倒也願意開啟超過兩句以上的對話。

見情況好轉，家欣日漸少回老家，氣氛又重歸冷清。

說不寂寞是假的。但孩子長大自有新生活，阿群明白這是當然的道理。所以，思念與不捨，通通埋在心底，頂多看網路影片解悶的同時，按分享鍵一併傳給女兒。

但日子久了，終歸是無聊。

家欣提議不如去報讀課程，做一下運動，培養一門興趣，當作是重拾生活樂趣。有天她拎著一本小冊子上來，說是社區中心派發的。她們一起揭頁，見到成人K-pop舞蹈班，家欣很興奮，大力推薦。阿群覺得一個中年婦女學人家韓國女團跳熱舞成何體統，於是耍手擰頭。但家欣說興趣無關年齡，在沙發前舞手舞腳，逗樂了阿群，似乎跳舞也是個不錯的選擇，才頷了首。

多年來將人生投放在家庭，讓阿群失去了年輕時候的所有朋友，連帶交際能力也退化，這次未走進教室，已經耳朵發熱。幸好是小班教學，關係不複雜，一組六個師奶在排舞室列隊，整整齊齊，在鏡牆前搔首弄姿，沒有人在意彼此，阿群也就豁出去，出一身汗，無與倫比的爽快。

便是如此遇到了蘭姐。

蘭姐是舞蹈班前輩，學過大半年，基本功拿捏得漂漂亮亮，見阿群幾個踢腿的動作做不好，自告奮勇上前指導。談深入了，發現彼此沉迷同一個本地男團，更快熟絡起來，慢慢在課餘時間也會相約見面。別人視兩人如姐妹一樣親密，她送一盒凍齡護膚霜，她回禮一個牌子手袋；不過，更多時候她們交換的是明星周邊，什麼貼紙、公仔、手幅……放在家裡足夠砌起一面牆。

最誇張的一次，她們在便利店後門找到一面人形紙板，掌上大小，是用來貼在貨架上推廣產品的。推廣期一過，東西就得丟棄，因此粉絲偶爾會在店鋪後門尋寶，對他們來說，這是真的寶。

阿群聽了蘭姐慫恿，把紙板帶回家，用酒精仔細消毒，放在餐桌上風乾，轉身進廚房去備料。偏偏就這樣，把東西忘了，給建生見到。

「搞什麼？幹嘛放個男人在這裡？」建生嫌棄地問，他第一次見到這種東西。

阿群心裡怕，一方面怕他發脾氣，但更重要是怕他碎碎念一堆，麻鬼煩。

但建生沒有伸手推走它，反而是把自己挪到沙發上，跟紙板相隔出一段飯廳所能容納最遠的距離。阿群看著，忍不住微笑，感到溫馨，也感覺自己可笑。

幾個月前，蘭姐趁課堂小休，宣布年內會和老公移民英國。眾人嘩然，互相擁抱祝福一路順風，問去倫敦還是曼徹斯特？聽聞京士頓也是小香港。十分鐘後重新上堂，大家各就各位，準備下一場練習。

課後，阿群和蘭姐同路，一起去買菜。經過魚檔，阿群問蘭姐，過了英國有什麼打算？蘭姐看了看成排的石斑，說反正他們兩夫妻已屆退休年齡，又無兒女，過到去就是享受人生，用退休金過活，把原本在杏花邨的自住單位脫手了，就有一筆現錢。她又趨近阿群耳邊，悄聲說祕密：別人都不知道她名下還手握邨內另一個中層單位，移民初期先放著，用來放租，如此每個月都有現金匯入銀行帳戶，不無小補。

「要不是香港變成這樣子，我也不會移民。」轉向菜檔時，蘭姐的口吻不勝唏噓：「連九七都挺過去，但今次，太難說。」

這不是她們第一次談論類似的話題。阿群有時覺得這是一種試探。她不置可否地點點頭。她們各自買了白菜仔跟西蘭花，蘭姐加配一棵長蔥，還殺價。

有次舞蹈班下課，蘭姐帶阿群去吃下午茶，走進一家連鎖茶餐廳，剛開業的，裝潢模仿傳統冰室，格紋地板白綠色相間，牆壁也刻意使用彩色磁磚，不知何故又要掛上幾個霓虹招牌。天花板的吊扇緩慢地轉圈。電視機調成靜音，只有畫面閃動，並不起眼，但卻正好在蘭姐斜對面。阿群見她金睛火眼，以為有明星，回身才發現是論政節目，一行一行字幕在講些什麼，她沒細看，很快轉回來讀餐牌。

蘭姐瞥阿群一眼，故作不經意地以電視節目引入，開始針砭時政，法庭如何，防疫如何……起初雲淡風輕，慢慢用力批判起政府的不是，開炮一樣，阿群以為耳邊有轟轟聲。許多熟悉的字眼從蘭姐口中接連冒出——這幾年常有人提起，包括家欣，但阿群不敢覆述，畢竟若有人問她這些字詞的意義，她可不懂得解釋。

蘭姐說阿群傻傻戇戇，不理世情，這樣是不可以的。

「不如下次一起去法院旁聽，列席暴動案審訊。」蘭姐又說。

一時三刻，阿群不知如何回應。

蘭姐解釋，自己近來除了出席告別飯局，就是花時間去法院旁聽，幫年輕人打氣。她在朋友之間出了名是黃絲帶，支持自由、民主、反共產，自己也曾一步一腳印走過遊行的路——當然是二〇一九的時候，那一年她夜夜為年輕人流淚。她拎牙籤剔著牙，說：

「你不妨回家考慮考慮，就當去見識世面，不用當作是政治表態，我又不是傳教，不是要你選邊站。這種事情是自由的，反正人人都有言論自由嘛，包括藍絲，你說對不對？」

當蘭姐說起藍，不屑地抿嘴，彷彿面前就是街市渠口的廢水。

舞蹈班逢星期二、四上堂，隔兩天又見面，蘭姐再問阿群去不去？別的同學聽到，以為是結伴去做美容。

阿群終究婉拒了。

見蘭姐擠起眉頭，阿群唯有陪笑解釋：「像我這種普通師奶，怎麼適合去法庭，又要正襟危坐，不許出聲。」

「沒什麼適不適合的，就只是去坐坐，做個見證，給年輕人支持——他們很淒涼，許多人就這樣斷送了前途。」

「我其實不太知道發生了什麼事。」

舞蹈班導師帶領熱身，由頸部開始，到手、腰、腿、腳踝。蘭姐跟著導師的節奏，甩手甩腳，沒再說話。阿群感覺彼此之間空氣凝滯。

兩人日後依然親密如故，只是不再討論政治。

蘭姐出發那天，阿群陪同送機。送行的人不多，主要是蘭姐夫婦的親人，都上了年紀，一行人頭髮灰白，在關口前合照。蘭姐紅了眼，卻是笑著，臨行前叮囑阿群別忘記她，以後用網路聯絡。阿群連番說好，跟著感觸起來。對每個人都道別過後，蘭姐和丈夫拖著行李箱，徐徐走入禁區，最終消失了身影，再怎麼仰頭探望也看不見了。

很快，親友三三兩兩散去，阿群誰也不認識，於是一個人走向巴士站。在回程的車上，阿群倚著玻璃，想起蘭姐曾說過的許多話語。她記得主題，卻不記得內容。

蘭姐離港後，對著仙人掌，阿群決定把它照顧得比昔日更好，生長必得更茂盛。她把偶像立板搬移到植物旁邊，拍照片傳送給蘭姐。她回傳兩三個讚好和感謝貼圖。阿群心裡高興，捧起仙人掌賞玩，又拿來小瓶澆水。她不太理解仙人掌的養法，只知道既然是植物，就需要陽光、空氣、水。前兩者自然就有了，水卻不足，所以阿群定時澆水，比三餐更準時。

這時水從陶瓷花盆底裡滲出，似乎是太多了。阿群趕緊拿起盆栽，到洗手台倒水，才不致浸濕床鋪。

建生笑她把仙人掌當兒子養：「比我還珍貴咧。」

「我還不是一樣每天給你煮飯？」

「你又有沒有那樣捧我在手心，整天三百六十度的看著？」

夜裡清空了碗盤飯菜，他們夫妻偶爾會互相抬幾句槓，如例行公事。爾後很快不再說，任由電視機發聲。建生習慣電視撈飯，尤其經歷了疫情，現在他喜歡吃飯時輪播二十四小時新聞台，說要抓緊時代脈膊，了解外面在發生什麼混帳事。

阿群不反對，她只想客廳有聲——她怕靜。

正好講到近日移民潮，建生問：「你那蘭姐什麼時候走？」

「上星期六就走啦。不是跟你講過去了機場送機？」

「這麼快？不是上兩個月才決定好的事嗎？」

「蘭姐是話一就一、話二就二的那種人，難不成像你？」

「我？我又有什麼可以拿來說嘴？來說說看。說。」

阿群深呼吸一口氣，決定在沙發上再多坐個十分鐘。因為，要是她馬上起身回去房間，那就未免讓丈夫太沒面子了。

他們沉默地聆聽彼此的呼吸，而呼吸又埋沒在電視機的響聲之下。

阿群遙想過去無數建生猶豫不決的瞬間，首先她所能追溯到的是屬於他們的移民潮。八〇年代末，剛成婚，撞上另一個震動的時刻，這兩夫妻在同樣的單位、同樣的沙發前發著呆。她想，建生是否記得那段日子；如果記得，又怎麼敢如此輕率地要她細訴——若然她真的細訴，如他催促的，他不就落入無可否認的狼狽境地了嗎？畢竟當時提出要移民的人是他，他讀了報紙，以為要出事，坦克是不是連香港這群人都輾過去？他們只是遊行、集會、唱歌而已啊。他怕得要命，手裡用力捏著油墨紙，指腹沾染上墨水。

阿群安慰他，別怕；若然受不了，起身一走了之便是。她心裡無所謂，去哪裡也是一樣的活，最重要是身邊的人——那時候，就是這個男人。

如今，她仍在這裡。

最終決定放棄的也是建生。放棄比動念更輕易，純粹是因為惰性，因為這裡有家、資產、事業，後來又有了另一條即將誕生的生命。

許多微細的轉折，發生了卻又無疾而終。他們的人生毫不特別，只是中途偶遇社會的碰撞，嵌入了歷史的空隙；一旦激昂的瞬間過去了，這些渺小的生命又自自然然脫落，回到原先的軌道。

建生問：「家欣下次什麼時候回來？」

阿群回神，發現建生已經拿遙控器轉了台，回去看他習慣了而阿群認為不入流的深夜綜藝。

她想了想，才回答：「你當是下星期吧。她想回來就會來，女大女世界嘛，況且又有男朋友。」

「她不是逢星期日都會上來跟你一起看音樂節目嗎？那個……叫什麼，什麼『級』的，你們愛死了。那種節目從來只會吹捧幾個電視台親生仔，一點都不公正。」

「是club。」

「好囉，追星追到英文都學曉了，厲害過我。」

阿群決定不等那十分鐘，說要整理仙人掌，澆水時間到，起身離開。建生在後頭似乎念念說著些什麼，阿群猜是罵她小器，開不起玩笑，諸如此類。這些說辭她早已滾瓜爛熟。

她在房間傳訊息給家欣，問和建生一樣的問題。

然後補一句，你爸快過生日了。

她記得——她理所當然記住每個人的生日，準備合適的禮物、蛋糕及筵席，她自問這是作為母親的一種責任，並且希望所有節慶過得順順利利，井井有條——她也明白，正因為節日臨近，建生特別記掛女兒，才會以一種彆扭的姿勢，問出這種必然被看穿動機的問題；她知道他們這個世代的男人全是同一個樣子。可是，家欣還年輕，可能不明白。

家欣確實回覆說星期日晚會來，但對生日的事視而不見。

八月底的最後一個星期日，建生生日，這天循例留給家庭。阿群知道父女都要面子，唯有聯同家欣男友傑仔一同打點飯局細節。

「麻煩要你照顧家欣了。」每次跟傑仔私下相處，阿群都客客氣氣：「我這女兒有時就喜歡耍脾氣，都怪我們太寵她，如今要你承受。」

「哪裡。家欣很好，很聰明，教了我很多。」

傑仔通常柔聲回答，儘管從來不會闡述家欣到底教了自己什麼。

到最後，他們一行四人約好了去屋苑商場的川菜館吃晚飯。阿群連座位都決定了：夫妻坐一邊，女兒兩人坐一邊，父女要坐斜對角。然而建生卻臨陣鬧彆扭，罵女兒根本不在意自己幾多歲大壽，費了阿群好大的勁才勸服，幾乎是拖著出門。

一路上建生還是耍脾氣：「她不想來就叫她不要來，到時又吵架，浪費大家時間。」

「你也放寬容些，今天生日，別跟小女孩計較。」

「什麼小女孩，三十歲的人了。」

「今天晚上我們不談這些。」阿群厲聲說，半是警告的意味。

建生聳肩，仍在碎嘴。

到了餐廳，甫入席，建生跟傑仔才聊了幾句——他向來疼這男孩，這算是少數能讓他和家欣分享相同立場的事情——便問對方有沒有想轉行？

家欣那時就瞪了父親一眼。阿群心知不妙，直想攔阻，但傑仔微笑跟阿群打個眼色，向建生解釋說沒有這樣的打算，瞇起銀框眼鏡後面一對狹長細眼，一邊揚起菜單。

大家點了菜，喝過幾口茶，前菜還沒來，建生又拉回老話題：

「現在當記者不安全，不是說你們的工作不正當，而是最近呀，你看蘋果日報也倒了，整個傳媒行業人人自危。不是我嚇你，這一行早晚會自己搞死自己。你最好在損手爛腳前離場，我跟你說，如果我是你就……」

「你管他幹什麼？份工又不是你的。」家欣插嘴。

「未來你們結了婚，他就是我半邊兒子了啊。」

「什麼半邊兒子？我們又不一定會結婚，還沒談到那裡呢——」家欣快速瞥傑仔一眼，又連番轟炸建生：「人家要做什麼工作關你什麼事？每個人都有自己的自主權，想幹什麼是自己的事，就算是他的父母也不能叫他放棄志業，更何況你又不是。」

「你講那麼多有什麼用？總之要結婚，當然要，結婚是保障來的，你到底懂不懂？唉，到底是小女孩，沒見識。」

後續馬上針鋒相對起來。有食物上桌的時候，兩父女會打住，先舉筷，吃幾口宮保雞丁、水煮牛肉，讚嘆一下味道，又開始冷嘲熱諷。好像什麼都可以成為話題。

阿群覺得丟人，對著傑仔做嘴形：不好意思。

傑仔搖搖頭，也用嘴形回她：沒關係。

到最後蛋糕環節，侍應送上一早預備的黑森林蛋糕。他們拍手唱生日歌，然而家欣卻只是盯著蠟燭，到最後甚至沒說一句生日快樂。建生裝作不在意，但最初見到蛋糕時眉開眼笑的模樣已經不復見。倒是傑仔醒目，準備了禮物，建生打開，墨綠色斜紋領帶一條，造型低調但精緻。

「我們一起準備的，家欣說你應該會喜歡這顏色。」傑仔說。

家欣狠瞪他：「準備什麼的，不就只是上網隨便挑一款？」

建生用了然於胸的眼神掃視女兒。

餐後，家欣和傑仔陪兩老回家，四人迎著清涼的海風，沿海傍散步。建生大發議論，說當初置業時為何在云云屋苑之中獨挑杏花邨，就是圖它安寧，沒有大騷動，頂多硬食夏季幾次颱風，水浸一兩次，很快就沒事。

杏花邨依海而建，在香港島東邊，是個偏安一隅的小社區，除去商場員工便幾乎只有住戶出入，來去都是熟面口。對年輕人來說，可能嫌它悶；但對當年一擲千金的阿群和建生而言，此處卻可以讓他們放心想像老去以後，自己將如何在這童話小鎮的氛圍之中度過花甲之年——這兒的路上還有英倫風格的鐘樓和燈柱。

「你看，不就像香港，一片福地。」

建生下了結語，很是得意。

兩個年輕人走在前面，不知道有沒有聽見。

阿群趨前問傑仔：「既然一場來到，何不上來坐坐？」

於是一同上樓去。家欣一把搶過遙控器，轉台播愛看的音樂節目，建生爭不過，跟著一起看，螢幕上沒一個人認識。他照例開罵，冷言冷語，說穿了就是激將法，卻又確實惹家欣動了氣，兩個人繼續先前在餐桌邊緣分不出勝負的對壘。他們是對著電視說話的，談話聲蓋過音樂。建生抿著嘴，假裝喜怒不形於色，但阿群知道他有多麼歡喜。

阿群不打擾他們——反正沙發也擠不下四個人——看完了喜歡的男星，她轉去廚房，扭開水龍頭，讓喉管咕噥咕噥發出飲下流水的聲音。其實她沒什麼要做，只是家裡永遠都有未清理乾淨的部分，諸如忘記洗淨的咖啡壺、塵封的碗盤和起了皺摺的桌布，並且總在客人來訪的時候特別顯眼。

「群姨在忙什麼？」傑仔主動來問。

「小事而已，你去跟他們聊天吧。」

「唉，這狀況哪裡能插話？」他望著客廳裡的兩父女。

阿群請他負責收拾晾乾的衣衫。曬衣架在家欣房間的那扇窗外，他進去，沒多久又出來，手裡捧著仙人掌，來到阿群身旁。

「怎麼了嗎？」阿群問。

放久了，仙人掌好像慢慢變了色，暗啞的。

「這仙人掌是不是常澆水？」傑仔問。

「一星期兩三次吧。」

「嗯，仙人掌是沙漠植物，經過自然演化，適應了沒水的環境，不需要經常澆水。我看它的根部可能浸得太濕，長久下去會出事。」

「出事？——那怎麼辦？」

「把泥土和花盆換一換吧，什麼都試一下。」傑仔端詳著仙人掌。

阿群心裡茫然。養不好，感覺對蘭姐不住；而且，這小小植物可是承載了她這幾個星期以來的心血。她那樣期待，想看它茁壯。也許無辦法了。

傑仔安慰說：「有救的，情況還不嚴重，群姨你別要太擔心。」

「你似乎懂得不少。」阿群說。

「舊朋友養過，以前上她家裡會觀察一下。」

他們在廚房討論起仙人掌。傑仔解釋品種和培植法，似乎很有心得。他說話語調平緩，先觀察阿群吸收得如何，才再順著話題繼續說明。而阿群，她跟傑仔聊起仙人掌的來歷，關於蘭姐和蘋果日報，聲音悄悄，隱沒在爐灶和水槽之間。

談到一半，阿群才忽然想起，傑仔不也是傳媒中人？馬上煞停了嘴巴。

傑仔說自己也聽聞過蘋果盆栽的故事，停刊當日也有去採訪——他的口吻淡淡然——那個下著雨的夜裡，平時入了夜即安靜如死城的工業邨竟然人聲鼎沸。

「以後不知道要再等到哪天，才有這樣的光景了。」傑仔嘆息。

阿群頓時不知如何接話，由傑仔逕自說下去：「關於換盆，我等一下傳訊息給你，網路上有許多教學……」

「不如你要了它？」阿群突然搶白：「人家交托給我，無非是想它遇到一個好主人，但我不會養，養壞了也不好意思。既然你會處理，不如讓你接手。家欣也喜歡它，上次在房間看見了，不知幾高興。」

傑仔想推辭，卻聽見家欣喚他，說節目看完，是時候歸家。阿群將仙人掌塞到他手裡。見他捧著盆栽過去，家欣問清楚來龍去脈後，說既然阿媽出讓，何不帶回去。她接過仙人掌，四面八方觀賞，一臉欣喜。

傑仔最後半推半就收下，表情很靦腆。

阿群小心翼翼把仙人掌放進塑膠袋，用力打結，死死的，盼它平平安安抵達女兒的家。那兩人住得遠，她怕運送中途一個不察覺，盆栽傾瀉了，通通倒塌下，不知怎收場——雖說到最後，還是要換泥換盆，全部都更換，一切都卸去。

「就說你不要學人養植物，快養死了，你看，黑麻麻。」

聽見建生在一旁嘮叨，傑仔趕緊催促家欣走。不然兩父女又嘔氣。

屋裡剩下夫妻二人。建生悶不作聲，抓抓肚皮，洗澡去。傑仔送的領帶隨手丟在沙發上。阿群拿起，收在主人房的衣櫃裡。

她回到家欣的房間。窗邊少了一棵仙人掌，霎時看不慣，但男明星紙板仍在，總算留下一個伴，不至於寂寥。她替他抹塵，欣賞過幾回，在他身邊支起腮，望出窗外，正對著的就是一個公園遊樂場，幾道影子閃爍，大概是些不歸的青少年，倚在溜滑梯，聊天。

不知道家欣和傑仔有沒有過像這樣在公園蹓躂的時光？而她自己，想必曾經跟建生在樓下散過步，依偎，大笑。但那是很久以前的事了。

想到建生認為杏花邨等同於香港，阿群心想，若是真的也好。

夜深，公園的幾個人影也徐徐離去了。

靈魂通信

父親：

這星期盧生交代要我給你寫信。內容字數自便，儘管洋洋灑灑寫下來——他說「寫」這件事本身有助於「梳理自己」——也不必讓他過目，他又說，做這些事是為了我自己好，和任何人無關。

我覺得好蠢。這樣做到底有什麼意義？最好是寫了你就會收到。這跟清明節拜山燒衣是很相似的，難道人死了，給他在墳前獻個花、燒幾張摺成蓮花樣的金銀衣紙，他就會在地下某個世界高高興興地收下，逍遙快活地……該怎樣說？渡過永生？

不過，如果非得繼續寫下去不可，我必須假設你真的在天有靈。所以，這些都是真的嗎？父親，地底下是不是真的有死後世界？地獄，還是天堂；如果有，你在哪一層？我覺得你一定在地獄很底層的地方，就是那些刀剮油煎的世界，把你剁碎，下鑊，炸成金黃色，之類的。有一些人，特別是我一路以來遇過的大人們，他們很愛用痛心的口吻跟我講這類故事。到底使他們感覺痛的是我還是你？還是那些被炸到四分五裂像玻璃碎一樣的人？

我常猜想那棟建築被炸出一個洞之後，工人花了多少時間把它補回去，用水泥、鋼筋或者磚頭；清潔工嘔吐了多少頓午餐才有辦法去幹他們的工作，也就是把四散的人體殘肢撿拾起來，塞進垃圾袋裡帶走。必須有人那樣做，畢竟那兒還住著許多迫於無奈、無法搬遷的人——你知道，除了警察之外，還有海關、懲教、消防員等等，都住在那裡。

也許你不知道。

上年公民科講國家安全，用你當例子解釋何謂恐怖分子、遇上了該如何應對，還播了一小段教育電影，聽說是用老TVB劇集剪接而成。我忍不住跟鄰座的女班長聊殘肢和裝修工人，她以為我黐線，走去跟老師打小報告。班長不知道你是誰，但葉老師知道。他認定我有反社會傾向，得去輔導室報到。那年的姑娘才剛大學畢業，從廣州回流香港。我在輔導室玩打火機，不小心燒到她的冷衫外套，她去報警。警司警誡。但我發誓那是意外。

不知是不是我的錯——可能那姑娘怕了，不想又燒壞另一件衣衫——今年輔導老師又換人，來了盧生。

盧生四十幾歲，高高瘦瘦，前額M字禿，習慣聆聽多於發聲。現在我明白沉默是成年後難以保有的一項美德：大人總愛說大話，但對別人的發言拒於門外，而且門板後面會再放幾排水馬。盧生可能也有他的水馬，但他會確保只注入三分滿的水，讓我可以稍微掂量重量——我不至於會想敲他的門，但如果需要，起碼能先搞清楚自己有多少機會。

一週兩次，放學後我都會到他的輔導室上課。先點名，在L字型沙發坐下來，他在短邊而我坐長邊，談談日常生活，課業，仰慕哪個老師，排擠哪個同學。他會附和我，但僅限於提出一些平庸的意見，例如贊成葉老師確實是個不太討喜的中年單身漢。如果是我，我可不會說「不討喜」而是「他早晚會因為非自願單身而拿機關槍掃射女學生」。

把所有不著邊際的話題都講過一遍之後，我們會討論音樂、電影和小說。他很久以前在墨爾本讀書，沉迷那兒自由的展演氣氛，彷彿每個人都可以成為藝術家或策展人，沒有門檻，也不會被冷嘲熱諷。他雖然是個孑然一身奔赴異國讀心理學的書呆子，但仍被吸引，跑去學攝影，在演唱會現場東奔西跑、閃動快門，臨回港前給自己辦了一場小型相展。聊到這邊時，他很歡喜，拿年輕時的舊照片要我看。窗外已是夕陽，鐘聲響遍校園，他仍在講，抓住我不放。

談話時，他有陣時會用藍牙喇叭播放澳洲老歌，盡是些連名字都沒聽過的樂團，當中許多人在許多年前已不再推出新單曲，消隱成一道只銘刻於個人青春的幻影，但盧生說他仍然會等，以不斷重播他們的音樂作為一種祈禱方式，彷彿光是思念就有力量，能把逝去的召喚回來。

我問他，要是那麼喜歡澳洲，幹嘛回香港？

當時移民潮，大家都想走；但若果真的大家都走了，這裡會剩下什麼？什麼都不剩下來。

對。

那又如何，你怎麼要掛心這些？

盧生笑：掛心像你這種的新生代啊，牙尖嘴利，不聽人話，得留下來治一治你們。

這傢伙有時還真是令人作嘔。

三月底，下學期都開始了大半個月，葉老師依然叫我要每星期接受輔導，但由一週兩天簡化成兩週一次，他說我上半年表現好，輔導老師評價不俗，要繼續努力，糾正過來。

糾正什麼？我問。

你明知道的，還問？

他居然笑。當我白痴。他有一輛特斯拉，掛大灣區車牌。放學後，我經過停車場，假裝綁鞋帶，拿雕刻刀刺穿車胎。

隔天跟盧生見面。辦公桌上原本散落文件，我一進門就瞄得到，但他馬上把東西收起。他猛揉太陽穴，很氣惱的樣子，我忍不住微笑。我說盧生你怎麼不來這邊呢？皮質沙發多舒服啊。我踢掉皮鞋，在沙發上伸展雙腿，校服白裙裙襬翹起，但我不去撫平摺痕。天花板有兩排燈管，白光刺眼得像要蝕刻在視網膜上面似地，閉上眼睛仍然殘留絳紫色的陰影。

盧生的聲音從身後傳來：葉老師很生氣哦。他很堅持，說你被父親影響。

我不理睬他。

他問：我們需要就這方面聊一聊嗎？一個學期過去，我們都沒談過家庭。

於是，我跟他講了母親最愛的說法。

這麼多年來，父親，我幾乎不曾再想起你，即使偶爾看見你出現在公民科課本或者國安處推廣小冊子裡面，我也只會殘酷地把你當作是個陌生的瘋子，而不是父親。母親可能以為小時候的謊言——說你在英國，一個雨雪的、霧靄的國度，去搵食——仍能騙倒我，每逢大時大節，她依然講類似的故事，說你最近又匯了錢回來，期望有日帶我倆去團聚云云。好搞笑。我以為自己活在現代史課本上的香港，上世紀五〇年代，靠人接濟。

我不忍心戳破她，因此不去反對、不去詰問，但也不曾認同過她。我保持安靜。倒是對外時，這說法甚是好用，因為它粗糙無用得足以令人立即失去興趣。

倒是盧生聽得很認真。他十指交握，頂著下巴，聽我胡謅，眉頭順著敘事的曲線蹙起或鬆開。我很生氣，繼續編，說你在英國做軍情六處特派探員，最近拆了一個大炸彈，在白金漢宮地下，畢竟前陣子又換新國王了嘛，那個古老的我們的殖民宗主國，肯定有人針對王室搞「極端暴力活動」、「孤狼式恐怖襲擊」，來一個下馬威。說起那些詞，我舉起手指，給它們加個方框。

盧生一邊聽，一邊點頭，微笑說，真厲害。

我恨恨地望進他的瞳孔，一對眼睛最黑暗無光的部分。即使他耐不住，開口問：怎麼了？我仍然瞪著，終於到他閃躲，別開眼時，我才覺得贏了，把他看穿了。但這種勝利令人反胃——我竟然真的乾嘔，穢物湧上喉嚨，難以呼吸，渾身發抖。

我蹲下，盧生緊張地走近，用他自大、憂傷、愛憐的眼神看我。他拍我的背，動作輕柔，迴避所有可能令人心生疑竇的地方，扶我坐下，等他倒一杯暖水來。我低頭俯看杯中的倒影，只看到黑壓壓的自己微弱地抖動，在水面牽起漣漪。這代表我的手在發抖。

不知何時盧生開始播放他的澳洲搖滾，承著樂聲，他又在沙發的另一端開始帶領談話；我有時搭理他，有時只以鼻音發出冷笑，他也承受了。

他沒有揭穿我。

真有趣。這反倒令我想要拆穿自己。

然而盧生趕在我開口之前，說：你一定很少跟父親連絡。

哦，沒錯，（因為他已經死了）

他說：我建議你不如跟他寫信？寫信比打電話或視訊有溫度。

那是不可能的，（因為他已經死了）

遠在異國的父親。如果他能收到女兒的親筆信，一定很感動。

因為他已經死了。我說。

即使是這樣——盧生對於真相並不驚訝，當然，這些大人一個二個對學生的出身背景瞭如指掌，反正通通寫在政府提供的檔案裡，縱使如此，他仍偏執地說——你還是可以給他寫信。

寫著寫著，似乎我也挺享受像這樣子的書寫。父親，我不常寫信，卻常常——對自己，或者為了唬弄同學和大人——把事實羅織起來，編寫起承轉合，把事情像故事一樣，戲劇性地說出來。

我喜歡說話，喜歡搬弄情節的過程。

所以，來說說你不在之後的那段日子吧。（你有在泉下思索過嗎？在你把一切搞砸了之後，我——我們——到底怎麼樣了？）

你走了之後，家裡常常只有我一個人。母親以前每逢週六才見到面，現在卻是一週三次的來，都在半夜，若是見到她，多數都在月光底下，一種半睡不醒的矇矓之中；她會來到床邊，或只是讓臥室門扉半敞，看我做她以為的夢。再過一陣子，幾個月吧，我們終於住在一起，學生手冊的監護人欄填上她的名字。

即使如此，我們始終是那麼疏離，如同陌生人，直到現在也一樣。她不像你會陪我，常說必須由她努力上班，才能養活我們彼此，像她以前也用相同的方式養過你，在你們離婚之前。

當她說起你，總像在婉惜一個丟失的弟弟——她會說，你理想太多，俗事都留給她。

那年的書沒有讀完，我們就搬去元朗，租了一層村屋落腳，住三樓，底下丟空。家裡悶透，得一部電視，但附近多狗，我（那時候）膽子還沒長出來，不敢出門，近乎自閉。轉學後沒交著多少朋友，整天只好一個人望出窗外打發時間，校園旁有後山，假如是春天，就能觀摩濃霧把山嶺掩埋——說到霧，當時我天真地想，不就是你在的地方嗎？那麼美好，彷彿一旦越過山脈即能重遇你——那樣子沉迷地看，常被老師點名罰站，結果落得更被排擠的下場。

新生活充滿各種不適。勤哥是其中一種。

每逢清明節前後，約莫三月底、四月初吧，勤哥都來作客。他簡直是憑空出現，如此突兀，因而令人著迷，想要窺探。

他初次來，鄰居的唐狗猛地吠叫，彷彿整條村的畜生都在警覺一種陌生的氣味。我在陽台踮起腳看他：一個身材結實，剃短髮，長一雙下三白眼，穿簡約襯衣長褲的青年人。一隻精瘦黑實的唐狗想要咬他，衝前，卻被項圈纏住，口水滴落爛地。勤哥不屑看牠一眼，按了門鈴便仰頭駐足等待。

我在心裡比較。他比你壯，但較矮小。

母親踢著拖鞋下樓應門。起初兩人幾乎要起爭執——我在樓梯口偷看——母親跟他低聲說了幾句，不被我聽見；遽然，她揚起手，卻在半空定住，有如結了冰。勤哥斜睨她。

那隻手最終緩緩下放。母親還是招待了他。

勤哥在我們家保持絕對的安靜，不作聲也不吃喝，每天早上八九點就來，拎一張圓形板櫈，窩藏在客廳角落，盯梢似地盯著我們。我和母親照常上班上學，他從來不會跟隨。村裡種了一排木棉樹，逢初春花開結果，棉絮會在地上鋪出一條象牙白色的路，我走在路上，卻感覺依然遭受盯視，回望，沒有任何人。到了夜裡，也是八九點，我沖好澡，濕頭髮披一條毛巾出來客廳，他已離開，母親還沒回來。矮櫈搬回沙發旁。你記得那張板櫈嗎？小時候你會抱我坐在它上面，父女倆一起看電視兒童節目，手舞足蹈，唱兒歌什麼的。

母親到家，手忙腳亂，我問她：那個人是誰？

母親只管叫我不用理他——不過是個客人。

我想知道更多，從客廳纏到廚房。母親正要開始她的晚餐時間。她多數會在市區買平價兩餸飯盒，回來一打開，發泡膠盒處處結露，再連結成更大的顆粒，順著重力往下流，把菜肉浸濕。我記得她還餵我一塊咕嚕肉，太難吃，我不肯吞，吐出來，用面紙接住。結果母親同樣吃不完，只好通通塞入保鮮盒再算。她慢手慢腳地收拾，好像身體裡有鉛，迫得她下墜，驟眼看來她跟咕嚕肉飯盒裡的結露沒有分別。

她那麼累，我都知道，但好奇心勝於一切，我死纏著，藏起盒蓋，不讓她繼續，她才訕訕然解釋勤哥就是表哥，從深圳來玩，一年裡只得這個月空閒。

他整天待在家裡，玩什麼？

母親搶去盒蓋，把保鮮盒放進冰箱，用力關上門。

翌年勤哥又來，往後亦如是，他像早春的梅雨、村裡如雪的木棉、復活節假期的彩蛋遊戲，反正是些早晚必須發生的例行公事。坦白來說，我已習慣了他；似乎母親也一樣，後來她開始替他準備點心生果，當兩人對上眼，她便指著餐桌。勤哥道謝，卻不去碰，仍然冷漠地用一雙眼睛掃視我們，卻不進行任何接觸，像影子，或者幽靈。

水果堆在餐桌中央，幾天過去，逐漸成熟，外皮發軟。我拿起一顆橘子剝開，只吃一半，不怎麼甘甜，剩下的都拿給勤哥。

他搖頭。

吃不完。我說。

遲疑一陣，他終於還是伸了手，先取一瓣，細嚼了，再一瓣，慢慢就吃光了，沒有嫌棄。夜了，母親回來，勤哥聽見門把扭動，馬上彈起，收拾行囊。一人出一人入，互相擦身。室內僅響起鏗鏗鏘鏘、鑰匙串交錯的碰撃聲。

新家西斜，每日黃昏，窗外總連綿大片火燒雲，把一種介於澄黃或赤赭之間的色澤烙在我們的側臉。我和勤哥對望一眼，隨即擰轉頭。我開啟電視機，等待五點半鐘的卡通時段。當時電視台已不太流行外購日本卡通片，引入的九成是來自大陸製作的幼兒級喜劇3D動畫，沒什麼看頭，人物表情的失真程度跟我幼稚園時候的蠟筆畫不相上下，勉強只夠打發時間，不過若將重點放在嘲弄畫功的話，那倒是挺惹笑的。

我笑的時候，勤哥也笑。

起初他聲音壓抑，會倏地戛然而止。他不想要我發現，不過我早就留意到了。我斜眼看他，而他被電視機吸引住。我把音量調得更高，讓卡通人物的普通話配音蓋過他的笑聲。他終於開懷地笑。

過了那麼久，對於勤哥，我最清楚記住的始終是他的笑法——聲線那樣沙啞，像磨兩張砂紙，或者在砧板上拉動一把布滿鋸齒的刀，徹底的不好聽。但那年他走後，我懷念彼此重疊的笑聲，日日在陽台張望。

沒有人來。只有棉絮飄零。

又到下一年，我們終究還是一起看了卡通片。他把矮櫈搬到電視機前，死也不肯坐沙發。坐著的他挺直腰板時，跟我同高；我伸手摸他的髮旋，他側身避開，舉起手去擋，卻不曾進逼。他從未觸碰過我，哪怕一根髮梢。有時他會帶零食來，四洲紫菜、白兔糖、媽咪麵……我們狂風落葉一般吃，只遺下包裝紙或碎屑，他也打理乾淨，母親從沒有發現。

往往是等勤哥離去，我在窗邊目送，才會猛然想起母親叮嚀過的「不必理睬」。好煩。她又不解釋。既然是表哥，又怎麼有不能一起玩的理由。除了雙親，我就沒有別的親人了；過時過節，村裡每家每戶喜慶洋洋，唯獨是我們這個家彌漫死寂。

有次除夕，睡前，我問母親：表哥會來嗎？

表哥？

年年清明節都會來的勤哥。

跟你有什麼關係？說罷，母親翻身背向我。

結果四月的時候，我在陽台見勤哥緩步走來，太高興了，忍不住揮手。不知道他有沒有看見。

母親給他開門，見外地寒喧，不再有劍拔弩張的戲份。

那年清明撞正星期日。母親早早不在，日上三竿我才醒來。勤哥不再坐在板櫈上，而是在餐桌邊托著腮翻書。書厚重，大開本，像教科書。我推開陽台的玻璃門，遠方飄著烏雲。雨很快要來了。

這個學期中文科每兩個星期寫一次週記。根本無事好寫。我總愛胡亂寫些去迪士尼樂園住兩日一夜，或上大陸探想像中的親，一些一家三口和樂融融的故事。這週又寫什麼好呢，我攤開作業簿，眼角餘光掃過對面勤哥支在餐墊上的手肘。他也提著鉛筆抄寫，與我恍如鏡像。

因此，我寫了一個深圳來的表哥帶我去掃墓的故事，並將那年的白菊、山坡、太陽雨揉合進去。

有時我會感到可惜，因為掃墓竟然是我所記得的、關於你最後也最鮮明的回憶。再過不久，父親，你便永遠地離開我，沒有告別，沒有最後的晚餐，我們之間不存在任何儀式性的片段。我大概太過寂寞，因而把那年的清明節視為一行印記，死死地，把你凝住。

一個烈日當空的四月初。

那麼反常，無雨，天氣悶熱至極，空氣折射蜃樓。

我和你準備出門。我想穿背心，你卻迫我換黑衣，跟你一樣。我不肯，大叫；你抓住我，指頭陷進肩胛骨，不再開口。你從來不罵人，生氣的時候，只管把人往死裡瞪，眼中盈滿失望和悲哀，久了，如水溢出，像潮浪向人湧來。

我們對峙，直到我也累了——我才不想跟你折騰。

我們穿上黑衣服，坐地鐵去上水。你給我一個膠袋，裝著金紙銀紙，以及一束白菊。我提著。

車廂空氣稠密混濁。我把後腦勺枕在你的腰間。車窗外風景掠過。沿途有時有天橋，間或經過一兩處屋邨，像鄉野的散村群落；然而最多的，是樹。枝葉綿密，織成綠色的海。

我問：怎麼這裡那麼多的樹？

你說：因為這裡是新界吧，比較貼近大自然。

我們要去大自然嗎？

你好像認為我的問題愚蠢至極，於是笑了，說：不是。但也差不多了。

一次又一次轉乘，一次又一次拐彎，穿過工地、圍板、狹窄的人行道、生長於野草邊緣的白花，路仍很遠。你牽著我，手心汗濕，我不舒服，甩開你，向前跑，以為馬路就是跑道，把墳場當成終點（真是黑色幽默）。抵達路口時，我舉起雙手，幻想衝線，卻被攔住。有人從路旁走出來。我幾乎撞上去，勉力轉身，差點扭到腳踝。那傢伙身材高大，穿制服，一口黃牙。當他俯身趨近，可以嗅見他的嘴裡傳來腐敗的臭味。

我往回走，躲到你身後，抓住你的牛仔褲褲管。你們交談，我沒有細聽。你從我手上取去膠袋，打開，讓男人逐一細看。

我百無聊賴，向四圍張望，但那地方過於荒蕪，只有遍地煙塵，沒什麼值得看的。不遠處有路牌，寫了地名。當時還不認得幾個生字，也就久久說不出那名字——一個墳場的名字。

好長的時間裡，我的印象中只有留下你牛仔褲的粗糙質感。

穿制服的男人終於退開。你邁開腳步，我轉身回望，發覺他仍然看著你。

沿途我們經過無數山墳，其中一些墓前擺放鮮花，但更多是叢生的雜草，像一方寸又一方寸荒廢的田地。看來有太多人在我出生以前就死掉了。

跨過那些我不曾經歷也不感興趣的年代，我們繼續前行。似乎目的地在相當深遠的地方。

終於停下之後，我抬頭觀望。起初以為最終抵達的不過也是一式一樣的山墳嘛，但看久了，就能察覺不同：眼前的山坡密密麻麻擠滿了灰黑的小石碑。定睛看，才確認那些同樣是墓碑，只是沒有刻寫碑文。有的僅是數字。數字一直延伸至既高且遠的地方，看不見盡頭。

我們在偌大的墳場前上香，往金爐點火，煙撲面而來。我不知道墳裡埋著什麼人，這場掃墓如同一次普通的登山，只是換個地方嬉戲。我跟著數字走，朝向最小的數值，慢慢跑起來。你從後喝令，我才往回走。

你塞給我白花。

從這個號碼到那個號碼都去放上一枝吧，你說。走路不要太用力。

為什麼？我問。

你的答案非常非常詳細。

我聽了，不太懂，也不太在意。

整片山坡如梯田分成幾層。我從一端開始，把花拋擲出去，把墓碑當成籃網。完成一層，經階梯拾級而上，再往回重覆相同的投球。有時投得中，有時不中。花卉凌亂散落。直到手裡再沒有花了，我在高處俯瞰墳場。白花和死灰的石碑交錯。我伸出手指，框住左眼，模仿相機快門，眨眼。父親蹲在角落，往我的方向觀望仰首，卻並非看我。

轉瞬間，雨水落下，熄滅了金爐裡的火。

就是寫了這樣的一段回憶，把它弄成疑幻似真的樣子，把「你」換成「勤哥」，加了幾段他抱起我玩飛高高之類的橋段，週記就完成了。擱筆後，我很滿意，獨個兒竊笑。

笑什麼？勤哥問，眼也不抬一下。

寫了個好故事。我將作業簿推給他。

要你寫週記，你就編故事。

他揭頁，一邊碎嘴，翻到今日一頁時，定睛屏息讀。我開懷咧嘴，以為這代表文章吸引力十足，直到他還來簿冊。

接著，他抬頭，看我時，臉上是幾年前初次前來時的警戒神色。

他罵：我們才沒有去掃墓，沒去過任何地方——給我刪掉。

只是隨便寫寫，應付作業。我說。

別亂寫。別寫我！

父親，你以前說過，要學習觀察別人的眉頭眼額。我那時還小，沒明白，記成要看的是眼眉和額頭。我望著勤哥，感到很震驚——他的眼眉扭在一起；

明明還很年輕，但額頭居然有了皺紋。真奇怪。他那模樣忽然跟隔壁家的唐狗撞了樣，都幾好笑。所以我沒有留意太多，仍然問：

怎麼不能寫？

我不是你表哥。

媽說的。

我不是。

你是誰？

你別管。五點半了，我們去看卡通片。

他伸手去拎桌上的遙控器，卻被我搶先。他起身走近，我衝出陽台，把遙控器扔出街外。還以為會有巨響，但接下來的只有靜默——那樣我可更加不敢探出頭去看了，只好虛弱地眨眼，攀附陽台邊，跟勤哥大眼瞪小眼。身後，雲正以緩慢幾近不被察覺的速度飄來，遮蔽夕陽。

勤哥蹲下，雙手抱頭。

我只是想寫一篇週記嘛，我說，爸爸以前帶過我去掃墓。

你們去沙嶺掃墓？

我不知道地名。

無名墓碑，只有數字，不就是沙嶺嗎？

勤哥微微張口，像在思索要說什麼、怎樣說，最後在卡頓之中，他啐了一口，那是輕蔑的聲音。我知道了，他對掃墓這件事不滿意吧——而光是這樣就足夠令人受傷。

我圍著他轉，想要說服他，便從頭到尾去講清明節的記憶，深刻的部分重點地描述，比如太陽雨。

你的死亡是多年後經過反芻我才終於理解的，但太陽雨呢，則是那種閃閃發光、如夢似幻、短暫卻令人留連忘返的事物，因而作為記憶的座標，如一口圖釘，被我牢牢釘在自己的小腦袋上面了。在那以前我從未見過太陽雨，明明日光普照，一旦仰望，落在臉上的卻不是光，而是雨，簡直像白日夢。

勤哥咋舌：你不要把事情美化了，聽了就噁心。

我不理他，鸚鵡學舌一般覆述你的答案，關於英雄烈士，捨身成仁，被塗抹成空白的死亡，政府和警察機器是如此卑劣、低莊、下三濫；我們日後必須年年的來，許多許多人排著隊的來，把真相傳承下去。這些句子，即使對母親也不曾提及過，可見我是有多想說服勤哥，因為——假如這真的是一張不會被任何人閱讀的信紙，我就認了——我多麼希望這個親切的大哥哥可以喜歡我，喜歡我的父親、母親。

多麼想要被愛。

勤哥苦笑，用他鏈鋸般的笑聲打斷我。他摸我的頭髮，像要逗弄不會人話的小動物。他說：怎麼可能呢？你爸才是殺了最多人的人，那樣子的人，為什麼總愛把事情栽贓到我們身上？

那個四月，下了一段漫長不見盡頭的雨。

我生了大病，不斷嘔吐，發燒好幾日。

勤哥翌年沒來，再也不來。初春的陌生來客開始頻繁換人，但不論來的是男是女、花甲或青年，全都表現出類似的神色舉止：初時戒慎，恪守崗位，到逐步適應，最終流露足夠的親切，其中的演變均一而易於預測，像數學課本上的函數圖形。

母親起初照舊解釋是親戚，人多了，變成同鄉。但我都明白。他們那對有如監視器——毋寧說確實就是監視器——的眼睛已經解答了許多問題。

總的來說，勤哥（以及日後眾多面目模糊的客人）作為那個戳破母親白色謊言的人，通通跟盧生共有類似的憐憫眼神。他（們）是一種典型：因為自覺知道了真相，於是對不知道的人——比方說，我，一個無知而失怙的孩子——拋出一顆溫柔的心，慈祥而寵溺，偶爾過了火，會把對方當成智障。

勤哥說你有病，黑暴餘孽，自我激化，假裝成無害的水電工，綁一身炸彈走去紀律部隊宿舍引爆，把自己炸成碎片，有老有嫩足足三十人被拖下水，跟我年紀一樣大的死者有兩個。

同一個夜晚，我去問母親。她說那根本是警察自導自演，政府為了打擊抗爭運動去紀律部隊宿舍放炸彈，揾自己人笨，黐撚線；而你剛好接到委託，在現場修冷氣機水管。天賜的冤大頭。她說話時，咬牙切齒，像一隻齜著牙靜待狩獵的母獅。

（長大後我翻找外國的舊新聞，到私人圖書館查閱禁書，也有一些人把你當成殉國勇者，好像你也是埋在沙嶺的其中一具無名屍體似的。）

好笑的是，病好之後，我和母親又把位移的時針撥正過來——她改口說你最近到了倫敦旅遊，給我們寄來一張大笨鐘明信片。

噢。我說，那實在太好了，大笨鐘跟大笨象有關係嗎？

那天，盧生說起自己從前也曾經不斷不斷地寫信，寄給許多人，有些認識，有些不認識，當做交筆友，當時心裡想的儘管寫下，在紙上談天說地，後來慢慢愛上了紙筆的質感。

他搓著手，尚要說什麼，卻欲言又止，嘴唇在蠕動，像蟲子。

沉默之中，隔著牆壁可以聽見校園已敲起了悠揚的響鐘聲。

終於盧生說：也許你從來沒有了解過你的父親。

我覺得很荒謬。死了的人要怎麼了解？對於活著的人又有用嗎？我說，盧生，不如這樣吧，由我來問你：你覺得我爸爸是英雄、極端分子、被栽贓還是怎樣呢？

父親，當我直勾勾望著盧生的臉，我很驚訝。那時候呢，他有一雙與你無二的眼睛——那麼悲傷而龐大，足以籠罩一切，彷彿在他面前的並不是我，也不是你，而是你和他都經歷過的那一段日子。

他回答我，說，不管怎樣，他首先是一個人。

剛才停筆了一陣，重看手上這幾頁信紙。我可還真的洋洋灑灑在寫啊，雖然並沒有覺得真有「梳理自己」——畢竟，如果這麼多年來我確實在大人身上學到過任何道理的話，那也只能是世界上根本沒有什麼是可以梳理清楚的。那是只有盧生這種老派中年知識分子才會相信的鬼話。

接下來又要輪到清明節。我們學校太多港漂，回鄉祭祖忙得像出國公幹，校方乾脆自主多放兩日假期。

自從勤哥將那次美好的沙嶺掃墓搞成了笑話，而我原來是被你蒙養和洗腦的一場活生生的悲劇之後，所有的清明節都令我噁心。因此，我從來沒有按你囑咐那樣年年去你的「手足」墳前焚香、燒衣、獻花。怎麼可能。老實說無人清楚那裡掩埋了誰，就像以後再沒有人知道你葬在哪一個墓場。也可能你根本不被安葬，當年直接在案件現場炸成微塵，腐壞的組織攀附在紀律部隊宿舍的水泥牆上，到現在仍默默陪伴那些倖存者。

誰知道呢？

可是，今年我打算去沙嶺公墓一趟。

關於那地方，我查了一下——所有不被辨識的無名遺體，起初先一排一排地下葬，墓地上插一塊碑，僅刻上編號；要是過了七年依然無人認領，就要起骨，一同焚燒，一年下來近百人的骨灰混合、碾壓、消融，合為一體。聽來還真像歷史。歷史不也像這樣子的一坑骨灰，不明不白，隨時間過去，終究被壓縮，像堆填區要出口垃圾時不也要先將固體廢物擠壓成一顆立方嗎。

我突然很想去看看。就是那顆立方。

當然，看了也不會增長多少知識，或是對人生真理有所了解，整體而言這事根本沒有積極意義可言，可是生活本身多的是沒有意義的片段，譬如和母親互相欺騙、跟盧生在指定時間談話、在葉老師的座位上放釘子。

沒有原因。就是想做某件事。必須那樣做，才能安心。

父親，如果引爆炸彈的人真的是你，那一瞬間，你看見了什麼；又在想什麼？

我明天就出發。我會跟母親說是去踏青，穿完備的運動服，提起夠大的塑膠袋，裡面放滿白菊花和金紙銀紙。天文台預測明天可是難得的好天氣，氣溫三十一度。

我說過，這封信成立的前提，是假設你在天有靈——好吧，姑且讓這前提多延續一下子，一下下就好——父親，若你在旁，那麼，明天當我點起金爐裡的火，請你為我下一場太陽雨。

女兒

二〇××年．清明前夕

SIDE TRACK

蒜泥白肉

發生前和發生後，陳師奶都沒有變化。她保持多年下來的水桶身形，不見頹然的消瘦，也無抑鬱式的暴飲暴食。她紋過的眉隨時日更顯深色，襯托她抿嘴、微微低頭的神情。

她十點鐘起身，做十五分鐘體操，落街買餸，和屋邨師奶團體一起跳廣場舞，歇息期間交換微信朋友圈的消息和短片，夜裡等老公一起吃飯，交談，依仗電視的光，沉沉睡去。

如果必須要找出一種變化，那麼，也可以說他們變得比以前沉默了。他們的聲調、談吐、夾餸的手勢皆變得猶豫，開口前每每有如經過深思熟慮——儘管和應新聞報導（又一顆催淚彈。一個墮樓的人。一宗重判的炸彈案。）時，他們仍會指責：「乜咁（怎麼這麼）離譜㗎。咁（這麼）危險。搞啲咁嘅嘢（幹這種事情）。」但是，現在這對夫妻再也不怎麼講廢青、暴徒、甲甴[1]了。

屋邨師奶愛相約一起參加晨運班，結束後幾個中老年女人大汗淋漓地在籃球場邊歇息。理所當然會談起兒女，暗地裡有比較的用意，陳師奶將留學外國的小女兒當成擋箭牌，甚少談起大兒子。也沒人在乎，巧妙地鋪墊子女的成就一向是一個婦人必要的交際技巧，她們沒必要戳穿她。反正，大概就是兒子成就不及女兒好，不值得八卦。

陳師奶回家沖一身冷水，洗去塵埃和汗水，穿上新衣坐車去壁屋監獄。她的表情平靜如常，步姿和裝束都和去買餸無異，這是她生活的基底，亦即是尋常。假如天塌下，她若不死，也一定以這一身輕盈拂袖前去。

監倉裡的兒子頭髮短了，眼圈更沉，隔著玻璃他們都沒有把對方看得很清楚，和昔日一樣。他們拿起話筒，談論諸如伙食、零食、拖鞋、睡衣，間中攝入一兩句關於同房犯人，又輕聲暗問外面的世界。不過陳師奶有一個長年的隱疾：她的耳朵不靈光，聽人話往往像聽一段受損的錄音帶。這次陳師奶顯然只聽到伙食和拖鞋的部分，口裡喃喃：「咁樣（這樣）邊（怎）住得落（下）去㗎。有冇（沒有）跳蚤？你要唔（不）要殺蟲水？」兒子艱難地解釋監獄不可能帶殺蟲藥。

陳師奶在無盡的焦慮中來回，直到探訪時間結束才想起妹妹交代要向哥哥轉述的訊息，慌亂間只提到半句關於日後上訴的內容就離開了。當然，妹妹一直想要傳達的幾句勿忘初衷的提醒，陳師奶沒有說，誰也不會清楚她是忘了還是特地跳過。

監察他們的懲教職員經過時緊盯陳師奶，大聲訕笑：「連阿媽都係（是）黃絲，

1 甲甴：蟑螂，對抗爭者的貶稱。

個暴動仔真係(是)死(走)好命(運)。」陳師奶嗖一聲走過，沒聽見。她的耳朵會將她從真相中拯救出來。這幾乎可以說是上蒼對一個貧瘠老人所能給予的最美好救贖了。

陳師奶想著伙食和殺蟲水，回到屋邨，跟師奶們問起哪裡買得到好吃的飯盒，要壁屋附近；還有最強力的殺蚤方案。說到壁屋，自然引起了部分醒目人的注意，陳師奶卻沒有發現，只心心念念唯一一件事：最好吃的飯，在哪？

「不如自己煮？」一個心水清卻同時一知半解的鄰居提示道：「住家飯最好食。反正由屋邨帶去壁屋都唔(不)遠。」

陳師奶心想也是。兒子愛吃蒜泥白肉，不知可不可以下次帶一碗給他。

街市買好材料，菜肉扔進鑊裡翻騰，老公在沙發皺眉蹺腳看新聞播報，又一次新的衝突，彌敦道遍布血跡和霓虹大光。陳師奶搬出晚餐，老公便調低直播的音量。這種新聞有什麼好看，要看也不該是用餐時去看。

電視機裡轟炸和奔跑不斷，夫妻如常用餐，不時評斷眼前所見，儘管比早期溫和了，但看到火在大馬路上延燒仍會忍不住罵上兩句。他們像收看電影一樣操弄自己評述的語氣，不曉得畫面背後是活生生的血和火，有生命彈動，當然也不曾想像兒子亦曾在火裡掙扎過。這一對不食人間煙火的夫妻，長年住在四百呎的公屋，屋邨是他們的一小時生活圈，訓練出來他們對世界簡單直接的感知能力。吃喝拉撒，無事即可。

下次去探望時，陳師奶一心想讓兒子拆開屬於自己的蒜泥白肉，於是把密封好的環保餐盒交給職員。這次接收物資的是個從未見過面的年輕女職員，一綹瀏海低垂。女職員看著餐盒，眼眶裡轉動著震驚和不解；陳師奶一片豁然，似乎一切都是如此理所當然，像兒子念中學的時候，她為他準備便當一樣。

女職員沉默好長一段時間，終於望一眼陳師奶，突然一笑，便把食物收走了。

探訪期間母子兩人也沒說起蒜泥白肉，反而圍著生活用品轉，有廁紙嗎？

沐浴乳？爽身粉？走的時候，陳師奶遠遠望著玻璃之後的兒子。兒子即使在牢裡依然又瘦又弱，是熟悉的愛子。

再走同一條走道離去，遇到同一個口沒遮攔的職員，對方同樣冷笑：「又係(是)黃絲阿媽，我都想有老母成日嚟(來)探呀……」語氣挑釁。

但陳師奶用她一貫偏差的感知，錯估了對方的意思。半是要回應，半是自言自語，她說：「我都覺得班後生仔(那些年輕人)係(是)過分咗(了)，放火嗰啲(那些)唔得(不行)㗎，後來又槍又炸彈……既然入嚟呢到(進來這裡)，就真係(真的)要靜思己過，好好改過自身。不過我個仔係唔(兒子是不)好彩(走運)，佢(他)咩(什麼)都冇(沒有)做。」

慢慢陳師奶就朝通道盡頭走去。微光從窗外射入，陳師奶髮鬢底裡剛長出的白髮格外亮眼。

廣場舞中途休息時間，各人掏出手機交換新消息和短片，這時一通消息彈出，又一宗暴動案審判結果。最近常有這種案子——而未來只會越來越多。一眾師奶開始談論時事，有人乜斜著眼睛瞥向陳師奶：「呢單(這一宗)都係(也是)壁屋。上次你講到壁屋，去到有冇(沒有)見到成班(一大群)廢青？」

「冇(沒有)呀，點(怎麼)會呢……」

另一人插嘴：「最近好少聽你講起個仔(兒子)，冇(沒有)事嘛？你唔好(不要)介意我多事，你個仔(兒子)——」

「唔係(不是)咁樣(這樣)嘅(的)，佢(他)唔(不)小心走咗(了)入去，唔好彩(不走運)出唔返嚟(出不來)，就被警察當埋(當成)係(是)暴徒。」

陳師奶重重覆覆，這是她永恆的說詞，像迴圈。她沒有留意這等於自掀底牌，其他女人心照不宣地嘶了一口氣，內裡帶著一種八卦的興奮。

於是，暴動仔的故事在屋邨裡如水一般上下流動。

老公回家時帶著不安，劈頭就問：「點解(為什麼)出面(外面)有人知？」語氣盡量溫柔。

「唔知呀，總之我就話阿仔冇做錯嘢，佢唔小心之嘛。」

「佢喺嗰到……揸住支雷射筆想射盲警察，咁都叫唔小心？你都有去法庭，聽到㗎。」

「唔係咁㗎，佢同我講咗㗎喇。」

凌晨中西區又有激烈衝突，子彈、煙霧和大射燈。位處低地的示威者擲出火瓶，警察馬上回敬兩顆催淚彈，鏡頭隱沒於煙霧，煙霧又像玩具一般局限在一個公屋家庭的電視機裡。

「咁都唔係暴徒？」老公今日比平常更加激動，早前因兒子入獄而失去的熱度突然爆發：「搞到香港污煙瘴氣！」

陳師奶和應：「係啦，真係唔應該，聽日啲人都唔知點返工，真係慘。」

她收好盤子，在漆成粉藍色的廚房裡洗碗，一邊喃喃自語香港未來到底會點㗎。

搞亂晒。

洗好盤子，她又拿出材料，做一碟新的蒜泥白肉。

有人問她這是為了什麼，一個暴徒兒子？

「唔係(不是)呀，佢(他)唔(不)小心入咗(了)去，同(跟)啲(那些)人撈埋(混在)一齊(一起)，警察以為佢都係(他也是)暴徒，先至(才會)搞成咁(這樣)。我叫佢(他)乖乖地，下次出嚟(出來)就唔好(不要)去危險地方，佢冇(他沒有)錯㗎，最衰(壞)都係(是)佢(他)隔籬(旁邊)啲(那些)黑衫人……」

小巴發動引擎，打斷了喃喃自語的陳師奶。

車上零落幾人都聽到陳師奶的自白，紛紛搖頭，藍的認為家裡出了一個曱甴仔應該打死，黃的心疼這個阿媽怎麼兒子坐監了還沒醒覺，兩邊都覺得沒救。唯有陳師奶一個人在高速飄移的小巴上守護著她手作的伙食，緊緊地，如抱一個新生的嬰孩。她挺直了身體，眼神直視前方，彷彿脫落凡塵，他人的低語、超速的老車、懷裡透出的辛辣，都沒有影響她去維持端正的坐姿。

發生前和發生後，陳師奶都沒有變化。她依然以她超然物外的愛情支撐起自己強橫的世界觀。世間事，也許哀怨，也許炸裂，上天讓陳師奶的耳朵暫時屏蔽了起來。起碼這個時刻，她不過是要為不自由的兒子送上一碟蒜泥白肉。

水與灰燼

阿然出現在一張拍攝理大圍城事件的新聞照片上。圖中左邊是水炮車的藍，右邊是路障焚燃的紅，阿然舉起雨傘站在中間，黑色的背影消瘦慘淡。這相片在社群網站得到無數迴響。千萬人在網路上表達他們的同情。有人引詩：

「水來我在水中等你／火來／我在灰燼中等你」

有留言說這是情詩，不懂不要亂引；又有別人辯駁詩是自由的，任人解讀。後續吵起架來，沒完沒了。

大學二年級的終末一日，街頭煙霧四起，火光再現，使他們在學校活動室裡的光影顯得特別夢幻，彷彿自絕於世間。但他們不是沒有出去過——他們去過，一整支莊[2]，浩浩蕩蕩。但到了今日，絕望已經蓋過勇敢，他們的四肢已經筋疲力盡，在這號稱香港最後一夜，《國安法》通過前的凌晨一刻，他們只能從活動室的書架上拿出所有香港電影，儀式性地放映一次，並打算通通銷毀。

當《香港製造》播到屠中秋將電視機扔出天井一幕，有人在沙發另一端提起阿然。

「佢(她)最近點(怎樣)？」「唔(不)知喎，入咗(了)荔枝角[3]之後完全冇(沒有)晒聲氣(消息)。」「我寫咗(了)封信畀(給)佢(她)，搵(找)咗(了)個被捕人士支援團體幫手寄，唔(不)知最後有冇(沒有)送到佢(她)手上。」「唔(不)叫我哋(我們)一齊寫？始終莊員[4]一場。」「你扮咩(裝什麼)好心，咁(這麼)有心唔(不)自己寫？」「話晒(再怎麼說)又係(是)同學，又係(是)手足……」「以前明明係(是)你帶頭杯葛佢(她)先㗎！」「佢(她)嗰陣(那時候)——」「唔好(不要)提喇，唔好(不要)提喇。」

如誤觸舊患，眾人沉默。

終於有人輕聲問：「不如我哋（我們）搵（找）俞教授一齊寫信畀（給）阿然？」場面更形尷尬。

第一個撞破俞教授和阿然的人是會長。他說他見到教授為她沖咖啡。共飲一杯。他牽她的手。挨近的臉。他們一定有更幽暗的來往，會長說，他看著她從沒有光的辦公室走出來。他的證詞一次較一次耐人尋味。

俞教授又矮又瘦，戴烏蠅眼鏡；授課時喜歡說幾句廣東話，不流暢又常會錯意，配上彆扭的鄉音，不時鬧出笑話。成支莊都笑他，阿然笑得比較節制，有她一貫的柔弱。

無論如何他們不能接受女學生和教授有關係。這種「有關係」，因為他們

---

2 莊：指大學學會幹事會。
3 荔枝角：指荔枝角收押所，通常關押未能保釋、等候判決或已判刑但等待編配至懲教院所的犯人。
4 莊員：指大學學會幹事。

讀了不少書，深知權力的不平等，便必然視為剝削或交易。

但係（是）阿然嘅科（那一門課）都係（還是）拎唔到（考不到）A喎。

又成了一個謎。

但這一切都只是一幕背景，真正令阿然和莊員割裂的是運動。阿然不願意和他們出去，連和理非遊行都縮沙[5]，他們很生氣，決定割席。他們想，是不是因為有個大陸教授在，所以她不去，不說，甚至不聽。阿然在社交群組陷入沉默。漸漸彼此不相往來，阿然甚至被排除了莊務[6]。那時，剛轉入盛夏的校園，俞教授的辦公室總是亮燈至夜深；另一邊廂，活動室成為他們的安全屋，解甲歸來後他們吃著用餐券換來的飯盒，邊看直播邊聊天，學生的世界時大時細，有時牽涉一個社會的存續，有時只關連一個同學的是非。

七二一夜晚，住元朗的體育幹事不能自制地流淚，縮在活動室角落，健壯的身體發病一般抽搐。大家都沒有上前安慰，因為每人各有自己的愁雲。離開時，他們又望向俞教授的辦公室，有人影在窗邊閃動。體育幹事發狂般衝上三層樓梯，猛力敲門。門縫細細打開，阿然——竟然真的——從內裡探出頭，大眼閃著驚懼。體育幹事以為她怕自己，更是憤恨，用力推門走進辦公室，終於見到阿然全身，卻發現她手臂一片瘀青，旁邊沙發放著黑衣裝備。教授不在。

這第二篇證詞在莊內流傳，教他們看人有了全新的眼光。可是，基於以前結下的樑子和未可輕易消解的自尊，這支莊沒有破鏡重圓。

十一月秋，理工大學變成戰場。他們的學校就在理工附近，排名也接近，於是心裡更揪痛，好像那是自己的校園，這間學店、這種教畜、這些孤兒一般

---

5 縮沙：膽怯，臨陣逃脫。
6 莊務：指幹事會職務。

的學生。他們和十萬人一起如潮浪湧出佐敦，經歷了一場致命的慘敗。

他們第一次直面水炮車。眼前只有蔚藍，像仰望天空。水鞭笞一般射到身上，焦灼感傳遍全身；水堵住去路，像一面牆，他們只能反覆前進又後退，皮膚留下藍色印記，幾日後才褪去。

便是那日起就失去了出去的力氣。

活動室慢慢變回活動室，他們如常放電影，人卻沒到齊。

雖然沒有說出口，但他們的內心是悲觀的，幾個開始考慮畢業後馬上報考海外的碩士班，更有人打算舉家移民。基於倖存者的愧疚，他們開始談起阿然，想像她在荔枝角生活如何，她在理大有掟火魔[7]嗎，她若是前線，她會有幾前。還有她和俞教授，會不會有後來，有沒有過後來？

活動室的牆上貼著拍到阿然的新聞照片。當初他們一眼就認出來，心中震動不已，久久不可釋懷，便貼起了在牆上。《香港製造》在香港人民廣播電台的宣傳中落幕，他們卻靜如死水。

俞教授記不起阿然最初的模樣，她非常平凡，並且樂於消隱身影。但教授多年下來已經擅長如何辨認有潛質的青年。有些人素行低調，但一旦擦亮了光就不可忽視。阿然談論喜愛的電影時彷彿迸發出生命的激情。是誰先勾搭誰不重要，情不知所起，二人如入無人之境，上天入地無人能夠制止。被同學認出，又和莊員翻面，但阿然一往無前，連教授都被她難倒，似乎蔓生出真正的情愫。

六月九日的時候，兩人並肩遊行，別人以為是父女，只有他們知道自己是誰。為了逃避鏡頭，二人戴了口罩，只憑眼神照應，有說不出的奇特快感。

---

7 掟火魔：掟，投擲。火魔，即「火魔法」，指汽油彈。

俞教授自認熱愛電影——香港電影，憧憬八、九〇年代的香港，深感英國旗落下等於解下了城市的徽章，此後必然萬劫不復，爭取民主自由他非常同意。二〇一九年的這一天是他人生第一次遊行，心中極昂揚。但運動升溫，他開始受不了有人爆玻璃、衝立法會、堵路、擲汽油彈……種種之中他最不能接受大學生罵校長是狗。他沒有再遊行。

俞教授在Whatsapp用書面語跟阿然說：「現在的學生太過目無尊長。再怎麼說都是老師，要尊重他。」

阿然用廣東話回覆：「係（是）因為校長保護唔到（不了）學生，點解（為什麼）校長唔（不）保護學生」

「那你要做值得被保護的人，保護有限度，你暴力傷人不可能要求無盡的包庇。」

「係（是）佢哋（他們）做錯先，點解係都要（為什麼非得要）賴落我地到」

「什麼意思？什麼是賴？」

「你唔明(不明白)我哋(我們)」

「你不要這麼說，我一直很努力想了解香港，我知道自由重要，但」

輸入到此，阿然忽然連珠炮發：

「如果我話我仲(還)有出去呢」「你會唔(不)會反對？」「你係唔係(是不是)要分手？」「我以為你會了解」「你六九嗰日(那天)都有去行」「你話過自由可貴」「點解(為什麼)到今日仲咁(還是這樣)講」「點解(為什麼)？」

俞教授確實沒有想過阿然還上街，他以為她和自己同樣，便不關心她的政治。她藏得那麼好，直至某日突然爆發，如火山。很難有人看穿她的體內還有多少能量有待引爆。如同許多曾經的女學生——女學生們總是慢慢走入許多不同的世界——他全然不理解的世界——可是阿然的更加黑暗。

二人唯有啞然。吃飯時多數各自摸著水杯，對座無言。阿然慢慢便濕了眼眶。問她還好不，她竟說催淚彈比你更難捱，從前欲望的進取變成言語的進取，愛情猶如抗爭。

某個八月殘暴的夜晚，他忘了何故在深夜回到辦公室，赫然發現燈一直亮著，開門即見阿然一身黑衫黑褲攤在地上，背包隱隱透出某種硬物的形狀。他非常震驚，原來她還在冒風險，搞破壞；接著他想到閉路電視，想到系主任，想到原本任教的學校，想到中國的家人，勃然大怒，一定要把阿然扔出門去。

「你返屋企（回家）吧，呢到（這裡）不太方便。」俞教授用蹩腳的廣東話說。

「唔返（不回去）呀，阿爸殺咗我都似（搞不好會宰了我）。」

「佢係（他是）你爸爸嘛，邊（怎麼）可能……」

「我想要個地方抖下（休息一會）。」

她落下淚來，俞教授不忍想安慰，她卻打死拒絕，不肯讓他走近。於是一個人坐辦公桌，一個人坐沙發，任沉默發醇。俞教授聽著她哭，自己不敢喘一口大氣，怕刺激她，終於互相折磨到天明。漫長的對峙中俞教授突然不想再看見她。她走太遠了，他不認識這個人。

新學期阿然沒修他的課，也不主動見面。但他的辦公室仍任由她自出自入。他擔心但優柔寡斷地裝作沒發現。辦公室一個管朝早，一個管夜晚，久久沒交集。直到十一月初秋，阿然突然捎來訊息：

「你得唔得（有沒有）閒（空）聽我講」

深夜，俞教授睡得正沉。阿然不理，一直傳：

「你快啲（點）覆（回覆）我」「你一定要聽我講，冇（沒有）之後㗎喇」「我要講遺言」「你瞓（睡）咗（了）？」「起身」「快啲（點）起身」「你係咪（是不是）唔睇（不看）新聞㗎」最後索性錄音。

天光之際俞教授悠然轉醒，手機已累積幾十條通知，他沒細看也沒有聽，直接打電話出去，卻換阿然沒接聽。他開電視播新聞才知道昨夜發生什麼事，理工大戰一整個晚上他居然一節聲響都沒有聽見。螢幕裡的大學校園內外遍地殘骸，等於廢墟。他回聽阿然的錄音，從最底開始播，他聽到她說：

「我愛你」

他便沒有辦法再聽其他。

終於他慢慢寫出一句，「對不起」

再寫一句，「真的很對不起」

沒有任何回應。

之後，他拿著手機，在近半年的運動裡，第一次開直播。立即就見到理工大學正門紅火朝天，新聞報有抗爭者焚燒路障，俞教授對畫面直覺性地感到難受，但他忍下來。他直盯著那些火，扭曲著影子的炎，環繞了一座大學，紅磚映襯得更紅，彷彿有血潑在牆上。他持續地看，看著抗爭者衝出校園，隊形馬上被催淚彈打散，有人被捕。他持續地看，搜索每一個身影，看人們是如何頭破血流。直到黃昏，佐敦、油麻地人流聚集，事情通宵不斷發生，他仍持續地看。除此他無能為力。

始終不見阿然，只有火的殘影銘刻心頭。

直至十幾日後理工解封，漫天都是相關報導，有深入的抗爭者訪問，有宏觀的局勢分析，教授一一都讀了。像迴避，他唯獨不讀法庭新聞，深怕一看即觸礁。但不必他眼利，拍到阿然的新聞圖片廣為流傳，那背影他永生都能認出，他見過無數相似的身體，卻唯獨這一人能在內斂中透出棱角分明的堅毅。

他拿著那照片，無話可說，只能抖顫著手拿下眼鏡。眼中水和火渲染成一體，融掉中間的黑，三者密不可分。

致謝

編輯問我要不要寫後記。我說好，但左思右想，還是寫不出來。我想說的——對於運動、對於香港、對於未來——都寫到故事裡面了。沒有其他補充。

不過，後記可以不寫，一些感激和道謝的話還是想說。儘管寫作似乎是一件非常私人的事，但一本書能夠完成，始終得力於許多人的幫助和扶持。所以接下來就是致謝的時間。

《觀火》的內容，除了較早期的〈水與灰燼〉及〈蒜泥白肉〉，其餘都在就讀東華華文所的三年內完成。我無法精準衡量研究所以至花蓮帶來的啟發有多少，但事到如今，我並不後悔來到這個地方——所有或好或壞的經歷，和無數他人的邂逅，我深信即使到了更久遠的以後，仍然會是相當貴重的回憶。

謝謝木馬文化出版社和編輯的信任。記得在為了最後一篇小說的內容苦惱不已、跟編輯傾訴的時候，他說：「至少這個世界還有編輯相信你！」讓我稍稍放寬了心。

感謝撰寫書序的黃宗潔老師和謝曉虹老師——兩位都是非常高明的讀者——以及所有願意掛名推薦的師友。其中，莉姿和我私交最深，特別這兩三年在花蓮的日子，她時常像多啦A夢一樣幫忙解決各樣煩惱。

有一些舊友、一些未曾謀面的人喜歡我（的作品），他們比我更欣賞我自己。對此我驚訝之餘同時沾沾自喜，並視之為繼續寫作的動力。

小說集在修訂期間有幾個心細眼利的小讀者：焯雋、祺疇、穎彤、舜恩。他們花一整個星期閱讀稿件，又用一整個晚上和我逐字逐句討論，我很珍惜那